Jens Korbus

Cagliostro
Aufzeichnungen eines Magiers

Bibliografische Information der Deutschen Nationalbibliothek: Die Deutsche Nationalbibliothek verzeichnet diese Publikation in der Deutschen Nationalbibliografie; detaillierte bibliografische Daten sind im Internet über http://dnb.dnb.de abrufbar.

© 2017 Vierte Auflage
Jens Korbus, 56072 Koblenz

Coverzeichnung: Hanns Lansch „Cagliostro"
Cover und Layout: Manuela Wirtz, www.manuwirtz.de

Herstellung und Verlag: BoD – Books on Demand, Norderstedt

ISBN: 978-3-7347-9109-3

Jens Korbus

Cagliostro

Aufzeichnungen eines Magiers

Roman

DER HERAUSGEBER
AN DEN LESER

Was von den verstreuten Blättern mit Mulligans Handschrift übriggeblieben ist, habe ich gesammelt, lege es dem Leser vor und weiß, dass er's mir danken wird.

1792 brachte ein Landauer den kleinen dicken Burschen zu uns nach Maiden's Rock. Er zog in das leer stehende Steinhaus neben Lord Gallagher, lebte dort ganz für sich allein und nannte sich Mulligan.

1795 ging Ann-Mary O'Connor bei ihm in Stellung. Von da ab ging's etwas bergauf. Er ließ sich täglich frisieren und nahm sogar Kontakt zu Lord Gallagher auf, dem er allerhand übersinnlichen Quatsch erzählte. Allmählich gewöhnten wir uns an ihn.

Letztes Frühjahr machte er ein paar Andeutungen, er müsse noch mal auf Tournee, was auch immer das heißen sollte. Einen Monat später war er fort. Haus, Bücher und Papiere wurden versteigert. Nur dieser Stoß Zettel fand das Interesse des Londoner Verlegers Worth. Ich habe sie in eine plausible Reihenfolge gebracht. Ihr werdet dem armen Menschen, der sich in diesen Blättern Balsamo-Cagliostro nennt, euer Mitleid und etwas Verwunderung nicht versagen.

1.

Palermo ist die Hauptstadt Siziliens, jener tropischen und fruchtbaren Insel, die noch nie uns Italienern gehört hat. Byzantiner, Araber und Normannen haben sie erobert, Staufer und Franzosen sie ausgeplündert. Savoyen, Österreich und die Bourbonen rauben uns Korn und Früchte und schaffen es auf ihren Schiffen nach Norden. Zwischen dem Monte Peregrino und dem Kap Zafferano liegt meine Geburtsstadt in der sonnigen Ebene, die auch Conca d'oro, die Goldene, genannt wird. Ihre Häuser, Buden, Kuppeln und Minarette reichen bis an die Ufer des Flusses Oreto, der sich im Süden vorbeischlängelt. Tagsüber hört man das Rufen der Muezzine, sieht Männer in Turban oder Kutte einträchtig nebeneinander hergehen. Nachts hört man den Gesang der Moslems aus den Teestuben.

Meine Eltern wohnten im ersten Quartier, das als einziges von einer hohen Mauer umgeben war. Krämer, Dampfbadbesitzer, Beamte, Geldwechsler, Olivenhändler, reich gewordene Thunfischer und Lotteriebesitzer hatten sich hier ihre Häuser gebaut. Mein Vater war der Krämer Pietro Balsamo, der im Jahr 1742 Felicita Braconieri, eine Nachfahrin Karl Martells, geheiratet hatte.

Unser Haus lag im Winkel eines Gässchens, das Il Casaro genannt wurde. Das Zimmer, das unsere ganze Wohnung war, war so groß und hoch, dass es selbst hier und heute in Maiden's Rock in Cornwall als Saal gelten würde. Die Tapeten waren einmal gelb gewesen. Aber das Alter hatte sie gebräunt und geschwärzt. An der Wand hingen zwei Bilder. Das eine zeigte die stillende Muttergottes, das andere den heiligen Sebastian, dem die Pfeile durch den Leib sausten, ohne dass er sich muckste. Wenn meine Mutter sie einmal abnahm, um sie zu putzen, leuchtete die alte gelbe Farbe viereckig darunter auf.

Drei Betten, zwei mit, eins ohne Vorhang, standen an der Wand gegenüber der Tür. Die Bodenziegel waren um Feuerstelle und Betten vom häufigen Betreten ausgewetzt und schartig, besonders um den Esstisch, wo meine Mutter die Mahlzeiten bereitete, Waren abwog und für meinen Vater Essig und Öl zum Verkauf in kleine Krüge abfüllte. Unterm Tisch stand die Kornmühle, mit der wir unser Mehl mahlten.

Mein Vater Pietro war ein breiter, mittelgroßer, gutmütiger Mann. Nur wenn er gereizt wurde, neigte er zum Blutstau. Mit fünfzehn war er von zu Hause weggegangen, hatte Latium und die Campagna durchstreift und die Unsicherheit der Wanderschaft kennengelernt. Nun war ihm nichts wichtiger als die Sicherheit. Seine Kunden waren die Sardellenfischer, Ackerknechte oder Wanderarbeiter aus der Umgebung. Meine Mutter, eine versonnene kleine Frau, zwang fast jedem ihren Willen auf. Dabei verließ sie sich auf ihren Instinkt. Sie liebte Pflanzen, aber keine Tiere, die ein Fell trugen. Als Kind soll sie oft auf dem Hausdach gesessen und ihren Eltern entgegengeträumt haben, die vom Feld zurückkamen.

Meine beiden älteren Schwestern waren Viola-Seraphina und Barbara-Benedicta. Barbara-Benedicta war die Beschützende und Weitsichtige, die mir Zucker schenkte und Tiere aus buntem Zeug nähte. Viola-Seraphina war die auftrumpfende Konkurrentin meiner Mutter, die jedem widersprach und alles besser zu machen glaubte. Doch was sind in Sizilien zwei Mädchen gegen einen Erbhalter? Fünf Jahre hatte mein Vater davon geträumt. An einem Novembermorgen des Jahres 1742 trat meine Mutter an sein Alkovenbett und sagte: „Ich glaube, ich bin schwanger."

„Sollte Gott unsere Gebete erhört haben", sagte mein Vater, „so möge er auch den zweiten Teil unserer Wünsche bedenken. Ich hoffe, es wird ein Junge!" Es war der Zweite des Junimonats, an dem ich geboren wurde. Ich schrie schon und musste nicht erst wachgeklopft werden. Im fensternäheren der drei Betten brachte Felicita mich leicht und sicher zur Welt.

„Er ist unser einziger Sohn und soll es einmal besser haben", freute sich mein Vater und machte mein Horoskop.

Ich war ein Zwillinggeborener. Mein Geburtsherrscher war Merkur, der Planet des Verstandes. Mein Element war die Luft, meine Verwandten waren Wassermann und Waage. Ich würde einerseits ruhelos sein, andererseits die Ruhe suchen. Einerseits besäße ich ein zu rasches Nervensystem, andererseits sei meine Urpflanze das Moos. Das beweise Ruhe, Übersicht und Gefühlskälte. Man merkt, worauf es hinausläuft. Dunkle, geschwätzige Formeln, die das eine sagen und das andere nicht lassen können. Ballaststoffe der Sprache, scheinbar Nahrung, aber ohne Nährwert, mit der noch viele gefüttert werden. Spätestens im Kloster, als man mich in Himmelskunde unterrichtete, wurde mir klar, dass das Horoskop ein Humbug ist. Ist doch für alle Astrologen die Erde und nicht die Sonne der Mittelpunkt des Alls.

Ich muss ein ruhiger, aber gieriger Säugling gewesen sein, der oft nach Hand oder Löffel griff, um sich selbst zu versorgen und der viel Zeit in seiner Hängematte verträumte. Ich soll nur geschrien haben, wenn man mich alleinließ. Deshalb saßen meine Schwestern oft in meiner Nähe und plauderten mit mir, noch bevor ich die Wortsprache verstehen konnte. Sie schürten mein Interesse an der Welt und ließen mich ihre Haare um meine Finger wickeln, wobei sie meine Zurufe mit Gelächter beantworteten. Später an den Höfen stieß mich nichts mehr ab als eine Geste, die unbeantwortet blieb oder ein Witz, der niemand zum Lachen brachte.

Noch heute sehe ich die Zypressen neben der Gasse Il Casaro, die Jasminbüsche in unserem Garten. Ich rieche die Thymian- und Oreganodüfte aus den Nudelgerichten meiner Mutter, aus ihren Haaren und Kleidern und aus den Röcken meiner Schwestern. Im Winter vermischte sich der Geruch des Kohlefeuers mit dem Gemurmel meiner Großeltern. Oft kletterte ich auf die Knie meines Großvaters. Dann hob er mich auf die Schultern und trug mich im Zimmer und auf der Straße spazieren, wo wir den Gauklern zusahen. Ich erinnere mich dunkel an ein Geschwisterpaar, das den Eiertanz aufführte, ohne ein einziges Ei zu zerbrechen.

Als ich größer war, nahm mich mein Vater mit in seinen Krämerladen. Dort saß ich auf dem Tresen, sah dem Verkauf zu und ahmte die Gesichtszüge nach, mit denen er seine Kunden bediente. Kein Augenzucken, kein Lidschlag, kein Pupillenzucken, kein Nasenbeben entging ihm, wenn er mit den Kunden die Preise zum Vorteil der Familie aushandelte. Dabei sprach er zu mir in der Kindersprache: „Was gerecht ist, entscheidet der Souverän. Wahre Macht kommt nur von der Gruppe oder vom Patron.

Den Rang eines Mannes erkennt man an der Furcht, die er verbreitet. Solltest du einmal einen Laden haben, mit Brokkoli, Tomaten, Artischocken oder besseren Gemüsen, dann zahle pünktlich an die Besitzer der Felder. Sie haben die Macht, und am Ende ist es doch nur die Gewalt, die etwas durchsetzt!"

Ein Fremder hätte nur Plappern und Lachen gehört, kindisches Mundspitzen gesehen. Ich aber verstand, was mein Vater meinte. Später dämmerte mir, dass ich in die Welt des anderen hineinkonnte, sobald ich eine Beziehung zu ihm aufgebaut hatte. Ich konnte dann in seinen Gedanken herumspazieren wie in meinen eigenen. Ab und zu benutzte ich diese Kunst zu meinem Vorteil. Aber im Grunde hat man wenig davon, denn die Gedanken der meisten Menschen sind banal. Und wie soll man das Wesentliche vom Unwesentlichen trennen, wenn alles so schnell aufeinanderfolgt? Und die Gedanken der anderen beeinflussen oder gar ändern? Dazu brauchte es Zeit. Wer würde mir glauben, wenn ich von meiner Fähigkeit erzählte? Wem würde ich es glauben?

Noch aber saß ich auf der Ladentheke, nahm Welt und Wünsche meines Vaters auf und sah mich im Verkaufsraum um. In hölzernen Bottichen schimmerten Weizen- und Hafergetreide, Hirse, Ölfrüchte, Weintrauben und Gebäck. Vogeleier lagen dazwischen, Eselswurst und Pakete mit Fenchel und Koriandersamen. Gesammeltes Obst war an Schnüren zum Trocknen aufgehängt. Erbsen, Bohnen, Linsen, Buchweizen und Grütze standen in irdenen Näpfen auf dem Boden. Zuckerhüte, geriebener Käse, getrockneter Plattfisch lagen in den oberen Borden. Talgkerzen und Wachslichter gab es, aber auch Galanteriewaren wie

Hutfedern, Stulpenaufschläge, Silberdraht für die Überröcke. Man fand Beißkörbe für die Hunde und irdenes Geschirr. Darunter lagerte das Gemüse in Holzkisten, in denen ich mich zuweilen versteckte.

2.

Am liebsten war ich auf der Straße und in den Hinterhöfen, wo ich mich mit den Gassenkindern balgte und die ersten Hundekämpfe sah. Die Tiere mochten mich. Kühe, Schafe und Ziegen hütete ich für ein paar Kupfer. Das zahme Lamm eines Nachbarn folgte mir überall hin. Es redete zu mir in seiner Sprache und aß sogar Pasta mit Soße. Einen Stier, der mich beim Viehtreiben angegriffen hatte, heilte ich durch gute Worte, so dass er nie mehr von meiner Seite wich.

Mit zwölf wurde ich dick und untersetzt. Meine Hände wurden so breit wie Flossen, meine Zehen hammerartig und meine Füße rot und groß. Mein Körper, der immer als kräftig gegolten hatte, wurde dick, ohne dass ich mehr gegessen hätte. Die Gassenjungen nannten mich den Fetten. Meine Züge bekamen etwas Grüblerisch-Quengelndes, so als drehe ich jeden Gedanken im Kopf hin und her. Vielleicht sind die Merkwürdigkeiten, die ich berichten werde, auch nur das Ergebnis meines Körpergehäuses.

Indem ich dicker und runder wurde, nahm die Gesundheit meines Vaters ab. Er hatte schon immer viel, feucht und krächzend gehustet, schrieb es aber der Trockenheit und dem Scirocco zu. Doch an einem Augusttag des Jahres 1758 begann er, Blut auszuwerfen. Die Ärzte wollten ihn mit Fasten, Aderlass und Blutegeln kurieren. Aber das schien die Krankheit nur zu beflügeln. Innerhalb von zwei Tagen rasselte sein Atem. Sein Husten vermischte sich mit Blut, was von den Ärzten als Krisis und Beginn seiner Heilung erklärt wurde. Da ihm das Liegen Schmerzen bereitete, trugen seine Freunde Niccolo und Antonio ihn täglich auf den verschränkten Händen in seinen Krämerladen, wo er eines Tages inmitten seiner Lebensmittel und Sämereien den Geist aufgab. Man begrub ihn auf dem Armenfriedhof. Und da mit seinem Tod ein paar kleine Kredite gekündigt wurden, die den Laden am Leben gehalten hatten, wurde das Geschäft aufgelöst, und wir standen von einem Tag auf den anderen mittellos da. Meine Mutter trauerte. Aber der Arme kann die Trauer nicht lange zulassen, ohne dass Geldsorgen diese Gefühle in Angst verwandeln. Wie soll denn der Mensch den Tod begreifen, dessen Dummheit, Frechheit und Unverständlichkeit ihn so sehr an die eigene Vergänglichkeit erinnern? Meine Mutter suchte also nach Mitteln, um uns wieder ein Einkommen zu verschaffen. Das Bettelgeschäft kam wegen der Büttel, die die Straße mit Stockhieben freihielten, nicht in Frage. Der Opiumhandel war von einer Gesellschaft kontrolliert. Das Abfallsammeln verbot sich wegen Pest und Aussatz, die in unserer Gegend hin und wieder aufgeflackert waren. Eines Morgens weckte uns meine Mutter mit den Worten: „Wir wollen eine kleine, private Badestube eröffnen. Die Selbständigkeit ist die Quelle des Fortschritts!"

Wir ließen den Keller unter unserem Haus mit Holz verkleiden, arrangierten ein paar hölzerne Wannen und Schöpfeimer auf dem mit Werg belegten Boden und stellten in den Ecken kleine dreieckige Tribünen für die auf, die lieber zuschauten.

Bald kamen die ersten Zimmerleute und Messerschmiede, dann die Barbiere und Diebe. Nach drei Monaten erschienen die Domherren, so dass wir bald Mitglieder des ersten Standes in unserem Haus begrüßten. Mag die Inquisition das Andenken an unseren Fleiß besudeln, indem sie einen Vers aus alten Zeiten zitiert:

Der bader und sîn gesind
gerne huoren unde buoben sind.

Aber meine Mutter und meine Schwestern waren keine „huoren". Ich war kein „buobe", was in der Sprache der Alten Lustlohndiener bedeutet. Im Gegenteil, unser Keller wurde ein Ort zuverlässigster Entspannung. Der Beweis? Nach vier Monaten konnten wir die Wand durchbrechen und die Nebenräume für Ganzwaschungen und Sonderleistungen mieten.

Natürlich ist man beim Baden nicht bis zum Hals vermummt, sind doch Badende und Liebende der Venus geweiht. Niemand kam ohne Badewäsche durch die Kontrolle Felicitas, keiner ohne Lendenschurz. Viola-Seraphina und Benedicta-Barbara trugen immer eine Halskette oder einen Kranz aus Papierblumen am Leib. Oft warfen die Kavaliere kleine Münzen in die Bottiche, und die badenden Schönen mussten die Liebesgaben mit ihren Hemden wie mit einem Kescher auffischen. Ich, dessen Appetit durch den Aufenthalt im feuchten Element immer größer wurde, half, wo ich konnte, legte auch selbst einmal mit Hand an, wenn es galt, die Tätigkeit einer Ribaerin zu beenden.

Kam ein reicher Gast in unseren vergrößerten Keller, dann setzte ich mich zu ihm ins warme Bad und trieb Kurzweil und Hanswurstiaden auf dem Wannenrand. Ich spielte Kobolz oder Wasserhandstand, blies ihm auf meiner Panflöte von und bekam bei guter Laune einen Brocken von dem schwimmenden Tisch zugeworfen. Dann trug ich zum Dank das Lied der Badenbule vor: Dîn badenbule sî die allerschönste Marie! Meine Schwestern Viola-Seraphina und Barbara-Benedicta lachten dazu und sangen mit.

Einer unserer Lieblingsgäste war Monsignore Hans, ein deutscher Kirchenfürst, der in Palermo eine Untersuchung gegen Ketzer führte und der mich sein henselin nannte, was das Gegenstück zum französischen coquin, Stutzer oder Weltmann, bedeutete. Zögerte ich das Spiel im Wannenbad hinaus oder würzte ihm den Badetrunk mit einer Fingerspitze von dem Extrakt, der meinem Kampfhund zum Sieg verholfen hatte, dann brauchte ich keine halbe Stunde zu warten, bis er aus der Wanne rief: „Beppo, Wichtel, spileman und hergesell! Du machst mon coeur souffrir. Hinein ins Wannenbad! Weg mit den Ribaerinnen. Mon seul désir!"

Hatten ihn seine Worte genügend erhitzt, dann tauchte ich in die Bütte, so dass er mir die Absolution erteilen konnte. Die Begegnungen mit dem Gottesmann haben mich später immer wieder die Nähe von Mystik, Macht, Geheimnis und Ritual suchen lassen und, ohne dass ich es wollte, die Weichen für den Beruf des Magiers gestellt.

3.

Sicher hätten wir noch lange von unserem Keller leben können, wenn nicht die Ereignisse der Inquisition in die Hände gearbeitet hätten. Sie hatte schon lange vorgehabt, die Badekeller zu schließen, wie ich Jahre später von einem Kirchenfürsten erfuhr. So platzte eines Abends in eine Geselligkeit hinein, was meine Mutter das Unglück nannte, sie, die den Namen des Glücks in ihrem Taufschein trug. Die Blattern gingen in Palermo um, und die Inquisitoren munkelten, sie kämen aus den privaten Badestuben, wo nicht nach staatlichen und kirchlichen Reinigungsgeboten verfahren werde.

An diesem Tag waren wir in unseren Gewölben mit den üblichen Arbeiten beschäftigt, die auch durch eine Spiegelwand betrachtet werden konnten. Ich rieb den Rücken eines Pfeifenmachers mit Balsam ab. Meine Schwestern massierten einen Getreidehändler. Da wurde die Tür aufgesprengt. Vier Männer in schwarzen Kostümen, die sich als Sbirren der Inquisition auswiesen, stürzten herein. Ein Mann, in schwarzer Toga mit rot unterfütterten Puffärmeln las ein Traktat gegen die Entfesselung der Lüste durch das Element vor, räucherte unseren Keller mit Weihrauch aus und verschloss ihn mit dem Siegel der Staatsinquisition, nachdem er uns in die Wohnstube verbannt hatte. Bei Leibesstrafe und Tortur war es uns verboten, jemals wieder einen Badekeller zu betreiben. Wir standen am Fenster. Der Büttel trat vors Haus, murmelte einen Fluch gegen alles Flüssige und verschwand mit kleinen Rückwärtsschritten. Das amtliche Schreiben, das er zurückließ, enthielt ein Verbot des Badens, des Tarantellatanzes, der Wasserstürze, des Gesäufs und aller Formen der Abwaschung.

Das Gesparte reichte für zwei Monate. Als wir abends am Küchentisch saßen, jeder ein gebackenes Ei vor sich, sagte meine Mutter: „Was soll nun aus uns werden?"

Dank meiner gefälligen Hand hätte ich zum Schreiber getaugt. Aber die Sitzschwielen des Stadtschreibers, die ich in unserem Bad gesehen hatte, hatten mir den Beruf verleidet. Zum Sauschneider fühlte ich mich so wenig berufen wie zum Schäfer, Viehtreiber oder Blumenbinder. Das blutige Gemetzel der Thunfischer, wenn sie die Tiere in Netzen in die Bucht gelockt hatten, hatte mich immer abgestoßen. Ich erinnerte mich an Monsignore Hans, zu dem ich so oft in die Bütte getaucht war, und ich wünschte, ein solcher zu werden, wie er einmal einer gewesen ist. Am liebsten würde ich die Klosterlaufbahn einschlagen, sagte ich meiner Mutter. Dabei zeigte sich vor meinem inneren Auge ein Palast, darin ich selbst, wie ich mich in Schnallenschuhen und Brokatrock aus einer Truhe mit Zechinen bediente. Ich spürte den Geruch von Gebratenem in meiner Nase. Dabei kribbelte es in meinen Fingerspitzen, und es schnürte mir die Kehle zu.

„Ich habe immer gewusst, dass ein kleiner Gottesmann in dir steckt!", sagte meine Mutter. „Außerdem bist du ohne geistliche Bildung nichts als einer von den vielen ohne Hoffnung."

Viola-Seraphina sagte: „Ich hätte nicht gedacht, dass er so scharfsinnig ist! Weit ist es nicht zum Kloster. Der Abt war ja auch schon hier, so dass er sie für ihn verwenden wird."

Meine Mutter kündigte meine Bewerbung mit einem Brief an. Vorher mussten wir aber noch unsere Wannen, Kellen und Schröpfgläser verkaufen. Der Büttel, der das Siegel der Staatsinquisition an unser Haus geheftet hatte, kaufte den größten Zuber, und zwar billig. Wie eine Schildkröte schleppte er das Gefäß auf seinem Rücken nach draußen. Auch das restliche Gerät fand seinen Käufer, und innerhalb von vierzehn Tagen war alles verkauft.

4.

Drei Wochen später wanderte ich mit meiner Mutter zu den Kreidefelsen über Palermo, wo das Kloster stand. In den Tälern graste das Vieh. Der Weg führte uns höher und höher, und die Welt unter uns verschwand im Dunst. Der Ätna kräuselte einen Rauchfaden nach oben. Das Korn wich dem Wein, der Wein dem Stincostrauch. Wilde Bienen umschwärmten eine Zeitlang unseren Aufstieg. Nach sechsstündiger Wanderung klopften wir an die verrottete eiserne Klosterpforte. Ein Türsteher öffnete und führte uns zum Abt, dem wir ja angekündigt waren.

„Unsere Felicitas", begrüßte uns ein dicklicher Mann mit Tonsur und rotem, schlauem Gesicht, der gerade beim Frühstück saß, „die ich getauft habe. Sie will uns also ihren Sohn zum Geschenk machen."

„Er will Goldkoch werden", sagte meine Mutter.

„Wir wollen Gott nicht versuchen", rief der Abt, „so etwas ist nicht einmal denkbar."

„Steckt ihn doch in die Apotheke", sagte der Türhüter, „er sieht aus, als würde er einmal lernen, den Rittersporn vom Ehrenpreis zu unterscheiden."

Der Abt erwiderte: „Ein Apotheker muss ein gutes Auge haben, Grau-Grün von Grün-Grau unterscheiden, ein rötliches Blau sehen und vor dem inneren Auge ein grünliches Rot entstehen lassen können. Und eine gute Nase muss er haben."

„Prüft sie", rief ich, „prüft sie! Ich kann alles riechen, was zwischen Palermo und Messina grünt und blüht!"

Aber der Türsteher war schon in der Theriaksammlung verschwunden und kam mit vier Tüten zurück. Den Inhalt der ersten roch ich leicht. Es waren die Blätter der Zypresse, wie sie vor unserem Haus standen, ein Jahr alt und schlecht verpackt. In der zweiten war Jasmin, wie er in unserem Garten blühte. Den Inhalt der dritten Tüte musste ich schon raten.

„Otterwurz", sagte ich.

Der Abt schnupperte dreimal und sagte: „Serpentaria! Nicht schlecht!" Der Türhüter wagte weder dem Abt noch der eigenen genötigten Nase zu widersprechen. Bei der vierten Tüte tippte ich, fast schon nasentaub, auf Jelängerjelieber. Auch das war falsch. Aber der Abt ging auch darüber hinweg. „Amara dulcis", sagte er, „du hast den Posten. Was willst du noch zur Belohnung?"

„Wenn es möglich ist, ein Stück Brot, Ziegenkäse, Butter, Milch oder Honig, denn ich habe heute noch nichts gegessen." Ich bekam das Essen. Dann wurde ich gewaschen, geschoren, eingekleidet und war, gerade fünfzehnjährig, mit der Tonsur versehen, tagsüber in die Apotheke, nachts mit zwanzig anderen Bauernlümmeln in den steinernen Schlafsaal dieses rauen Hauses verbannt, mit nichts als einer Decke gegen die Kälte.

Meine Erwartungen in die Apotheke wurden zunächst erfüllt. Ich stand um vier Uhr morgens auf, beugte die Knie vor dem Kreuz, aß mein Brot und stieg ins Gewölbe hinunter, wo Bruder Theophrast schon auf mich wartete. „Nimm dieses Stück vom uranischen Meteoriten", sagte er dann, „es wird wohl männlich sein und sich zur Schmelze eignen?" „Es ist hart und schwarz", erwiderte ich, „geben wir ein wenig rotes weibliches Metall hinzu!" Bald aber hatte er herausbekommen, dass es mir nur um Goldrezepte ging. Umso umständlicher prüfte er mich über das, was wir am Vortag getan hatten und was mich überhaupt nicht interessierte. „Was ist es, das wir hier tun?", fragte er zum Beispiel.

Dann musste ich ein Lachen verbeißen: „Unser Werk macht die Natur vollkommener. Es wird von Gott geduldet, wenn nicht sogar ermutigt. Aber ist es nicht Sünde, Bruder Theophrast, etwas schneller ausführen zu wollen als die Natur? Heißt es nicht, der Zeit und damit Gott den Destillierkolben aus der Hand reißen? Heißt es nicht, es besser machen zu wollen als Gott, der ..."

„Ja, was weißt du schon?", sagte Theophrast. „Gott hat uns doch selbst die Erlaubnis gegeben. Denn es steht geschrieben: Macht Euch die Erde untertan! Und sieh einmal in den Kolben, es wird doch nicht bereits der Urstoff herausgekommen sein?"

„Wird man durch die Lüfte fliegen und unter der Erde reisen können, wenn der Urstoff entdeckt ist?" „Nicht nur das", sagte er, „du wirst unverwundbar, unsichtbar, wann immer du willst, kannst durchs Feuer gehen und erhältst ewige Jugend, je mehr du davon isst."

„Im übrigen", kräuselte er seine Nase, denn meine Frage hatte ihm zu denken gegeben, „verkürzen wir die Zeit nicht auf eine unlautbare Weise? Denn der heilige Augustin hat bewiesen, dass Länge, Kürze, Dehnung oder Raffung des Zeitempfindens in Gottes Hand liegen ..."

5.

Was mir wirklich Angst machte, war das strenge Schweigegebot, das hier tagsüber zu beachten war. Ich sollte den Mund halten. Aber ich war immer ein großer Schwätzer gewesen und hatte die Kunden unseres Badehauses oft mit meinen Witzen unterhalten. Hier aber entnervte mich der stumme Umgang der Mönche miteinander. Ich begann, Stimmen zu hören. Dann ging ich nach der Mittagsandacht zum Abt, um ihn zu bitten, diese Vorschrift zurückzunehmen.

„Die Liebe zu Gott kann nicht gelehrt werden", antwortete er jedes Mal, „sie muss uns durch Schweigen zufließen. Wir haben ja auch von niemand gelernt, Eltern oder Ernährer zu lieben!" Aha, dachte ich, sie wollen's mir vorenthalten! Hatte nicht ein Badegast meiner Mutter, ein gewisser Tuffrini, vom Kupferblei und dem doppelgeschlechtlichen Weibmann mit zwei Köpfen erzählt, mit denen die Mönche in den Gewölben herumzauberten. Hatte er nicht vom Stoßzahn des großen weißen Narwals berichtet, dessen Pulpa Riesenkräfte verlieh, von der Schale des Achatsteines, aus der Jesus das letzte Abendmahl gespendet hatte und dessen Berührung unsterblich machte? Was die große mit der kleinen Welt zusammenhielt, war die goldene Kette Homers. Einst hatte sie vom Himmel gehangen wie die Jakobsleiter und hatte Groß und Klein miteinander verbunden. Aus Zorn über den Sündenfall hatte sie Gott ergriffen und nach oben gezogen. Aber etwas von seiner Einheit war aus der großen in die kleine Welt geflossen und hatte sich darin vervielfältigt. In Stein, Pflanze und Tier waren die einzelnen Schritte dieser Verwandlung zu entdecken und zurückzuerobern. Stein, Tier und Pflanze waren miteinander verwandt und enthielten den Urstoff, den Stein des Weisen, der im Windofen destilliert werden konnte. Hatte man Urstoff oder Stein, dann hatte man das All-Eine. Alles Trübe wurde klar. Der Vorhang zwischen uns und der Natur zerriss. Die Welt hinter den Gegenständen läge ausgebreitet vor uns, und wir würden sie mit den Augen der Gottheit sehen.

Aber dazu musste man probieren und - warten. Obwohl ich sicher war, dass Theophrast den Stein des Weisen einmal finden würde, hatte er mir noch kein Geheimnis verraten. Weder Geister bannen sah ich ihn (wenn das, was er beim Urstoffkochen murmelte, wirklich Zauberformeln waren) noch den Teufel beschwören. Ein einziges Mal hatte sich das Kohlefeuer leicht gekräuselt, aber Bruder Theophrast hatte es übersehen. Dafür lernte ich anderes im Kloster: den Klatsch, der unter dem Siegel der Verschwiegenheit dem anderen vertraute, was man verbreiten wollte; die falsche Rücksicht, die bewog, dass man sich mir beugte, nicht ich mich den anderen. Das offene Stehlen lernte ich, denn es war das wirklich heimliche.

Monate vergingen. Wir füllten die kleinen abschließbaren Eisenbüchsen und ließen eine nach der anderen im Alchimistenofen verglühen. Aber wir hatten wenig Erfolg. Einmal fielen ein paar grünliche Brösel heraus, ein andermal eine gelbliche Masse. Vor lauter Ungeduld versuchte ich eines Morgens, auf eigene Faust die Geister des Pitagore und des Ezechiel zu beschwören. Aber der Abt hatte mir nachgespürt und ertappte mich zusammen mit zwei Mönchen namens Gustavo und Emilio. Man sah davon ab, mich in die Einzelzelle zu sperren. Ich wurde dazu verurteilt, während der Mahlzeiten aus dem Leben der Märtyrer vorzulesen.

Schon am nächsten Tag stand ich im Speiseraum und trug die Leiden der Heiligen vor. Ich las von Menschen vor, die ihr Leben einer Sache geopfert hatten, deren Chancen sie überhaupt noch nicht hatten absehen können. Einige waren mit Zangen gezwickt, in Ofen geröstet oder mit Ahlen durchbohrt worden. Sie hatten sich lieber die Beine brechen lassen, als sich durch ein Wort - und was ist ein Versprechen unter Zwang? - von ihren Quälgeistern zu befreien, wie ich es später bei der Inquisition tat.

Von der Justina las ich vor, der man die Zähne ausgeschlagen, Brust und Füße abgeschnitten hatte. Von Serpentina, die gehäutet und zwischen zwei herabgebogenen Bäumen zerrissen wurde. Einer namens Mathilda wurden Haxen und Leisten durchgeknipst. Alle Blutzeugen erlitten stillschweigend ihr Martyrium. Von Tag zu Tag las ich schrecklichere Geschichten vor. Um deren Wirkung zu mildern, stellte ich mir vor, dass nicht ich der Vorleser war, sondern ein anderer, der Secundus hieß. Er konnte allein durch die Kraft seines Kopfes Scheußliches in Schönes verzaubern. Roste wurden Ruhebetten, Henkerskrallen Samthandschuhe, Eisenstangen Marzipan, Messer Ölzweige und Bratroste Polstersessel. Doch nach weiteren drei Wochen reichte selbst die Kraft des Secundus nicht mehr aus, meinen Kopf zu besänftigen. Erst drängte sich die zierliche Giuseppina in meine Gedanken, die im Laden meines Vaters die knappen Ellen gegen genauere vertauschte hatte, wenn der Eichmeister kam. Dann mischte sich eine stadtbekannte Kokotte namens Amalia ein, die mich strafte, weil Secundus die Wahrheit verbog.

Was tun? Secundus zensierte für mein rechtes Ohr die Leiden der Märtyrer. Amalia strafte mich durch mein linkes mit wüsten Worten dafür, dass ich das Gelesene abmilderte. Secundus hörte erst auf Amalia und schrie den Mönchen deren Meinung zu. Doch waren die Brüder noch allzu sehr beschäftigt, ihre Tonsuren in die Teller zu tauchen. Deshalb bekamen sie nur ein paar von Amalias Sätzen mit. Ich las gerade die Geschichte der Märtyrerin Appollonia vor, die vor ihrer Verbrennung noch gemartert wurde. Sie war an den bloßen Beinen aufgehangen und von Flammen und Hunden gestraft worden. Secundus ertrug das nicht, Amalia verzieh es ihm nicht. Appollonia, die atlasweiße Haut abgezogen, hing am ebenholzfarbenen Haar am Galgen. Furchtlose Standhaftigkeit der zwei maskierten Knechte. Ein Löwe mit Maulkorb war zur Bergwerksarbeit verurteilt wie ein Märtyrer.

Wie man mir später berichtete, dachten die Mitbrüder, ich redete in Zungen wie Jesu Jünger am Pfingsttag. Deshalb ließen sie mich gewähren. Dann dämmerte es ihnen, dass aus meinem Mund sich ein anderer Bahn brach, strömend, dann verstummend und wieder beginnend. Ab und zu hob einer den Kopf, hörte kurz zu und versenkte sich wieder in die Essschüssel. Kaum aber hatte Secundus mich durch mein rechtes Ohr beruhigt, da sprach Amalia wieder in mein linkes.

Erst hob Bruder Küchenmeister den Kopf, dann Bruder Schreiber, dann Bruder Apotheker und schließlich der Prior. Bruder Schreiber legte die Hände auf die Ohrwascheln. Der Prior sah es, machte es ebenso und rief: „Finger in die Ohren!" Die Mönche fielen über mich her, rissen mich zu Boden, verstopften meinen Mund und verfuhren mit mir wie die Römer mit den Märtyrern. Sie drehten mir die Arme auf den Rücken, brachten mich in ein Gewölbe und geißelten meinen Rücken mit einer Lederkatze. Ich hörte das Keuchen der Schläger und spürte, wie ein Zucken in den Spitzen meiner Zeigefinger heraufkribbelte und sich auf die Arme ausdehnte. Ich verschluckte mich. Ein starkes Glücksgefühl fuhr mir in die Kehle, von einem Mundspitzen, Kauen und Wischen der Hände begleitet. Meine Stimmritzen verengten sich, und ich war gezwungen, die letzten Sätze der Appollonia zu wiederholen, die lallend aus mir herauspfiffen. Ich erwachte, als sich mein Onkel über die Pritsche beugte, auf die man mich gelegt hatte. Mit halbem Ohr hörte ich im Hintergrund die Stimme des Bruders Medicus, der von Krankheiten sprach, für die Merkur verantwortlich sei. Drei Falten in meinem Nasenrücken hätten ihn schon etwas ahnen lassen. Beredsamkeit und Falschheit seien die deutlichsten Zeichen des Übels. Ich bekam meine zivilen Kleider zurück, und nachmittags vier Uhr sahen mein Onkel Mateo und ich die mit Eisen und Glasscherben gespickten Klostermauern von außen. Die Schimpfreden der Mönche begleiteten uns, vielleicht, weil sie bis an ihr Ende dort oben bleiben mussten.

Zwischen Feigenbäumen, Hibiskus- und Galegasträuchern wanderten wir die Kreidefelsen hinunter nach Palermo. Ich erzählte meinem Onkel vom ungastlichen Leben im Kloster, in der Hoffnung, ich könne nun eine Zeitlang faulenzen. Doch meine Erzählung machte ihn wütend. „Der Prior hat mir alles erzählt", sagte er. „Kann sein, dass du ein Anfallsleiden hast, das die Mönche ‚Grand Mal' nennen und das sich vom lügnerischen Merkur herleitet. Wie alt soll ich noch werden, bevor ich dich als nützliches Mitglied der Gesellschaft sehe?"

6.

Meine Mutter hatte sich wieder verheiratet, und ich wurde bei meinem Onkel untergebracht. Ich bekam ein Zimmer mit zerbrochenen Scheiben, das nur Fensterläden besaß. Nebenan tuschelten Onkel und Tante über meine Zukunft. Ich würde die erste Gelegenheit zur Flucht nutzen, um mein Glück mit meinem eigenen Willen zu machen. Dazu blieb mir vorerst nur die Straße.

Natürlich konnte ich dort nur an Aufschneider und Herumtreiber geraten. Einer von ihnen war Rodolfo, ein Zuhälter mit dem bleichen, mageren Gesicht des Friseurs und einem buschigen Schnurrbart, wie ihn die Frauen liebten. Er wohnte in der Nähe des Seehafens im Armenquartier Sakaliba und bestahl die Moscheebesucher, wenn sie sich niederwarfen. Das Gestohlene verkaufte er an die Bewohner der Palazzi im ersten Quartier.

Eines Tages gab er mir den Auftrag, einen Saal mit gewagten Bildern zu bemalen. Weil ich sehr genau zeichnete, wurde er auf mich aufmerksam. „Du zeichnest anschaulich", sagte er, „malst noch besser und hast eine lesbare Hand. Schreibe mir doch ein paar Zeilen an Sestina, da ich dieser Kunst nicht mächtig bin." Sestina hatte aber noch drei andere Liebhaber. Ich gewann sowohl ihr Vertrauen als auch das des Rodolfo. Ihm gehörten auch noch andere Signorinas, die gegen Entgelt an reiche Domherren, Schiffskapitäne, Kaufleute und Gäste der Bürgerschaft vermietete.

Bald hatte er herausgefunden, dass alles viel besser klappte, wenn ich in der Nähe war. Allmählich wurde ich begehrter als er. Ich entdeckte, dass ich viele Leute auf natürliche Weise beeinflussen konnte, indem ich fest daran dachte, was ich mir wünschte. Dann standen sie vor dem Problem, mit meinem festen Willen fertig zu werden. Meine Fähigkeiten machten mir zuerst selbst angst, denn ich wusste nie, was wirklich von mir ausging und die anderen traf. Als ich den Ruf einmal hatte, richteten sich die Leute nach dem, was sie von mir glaubten. Ich ging zu den Schäfern, Kräutermännern, Henkern und Badern. Deren Auskünfte und die Rezepte Theophrasts ergänzten mein Wissen und vergrößerten meinen Nimbus.

Aber ich musste immer noch bei ihren Einbrüchen Wache stehen oder schwache Türen mit einer Eisenstange eindrücken. Dafür zeigte mir Rodolfo, wie man einen Hahn vor einen Kreidestrich legte, so dass er unbeweglich blieb. Dem Menschen mit einem funkelnden Gegenstand den Blick zu lähmen, brachte er mir bei, so dass er ansprechbar wurde für das, was man von ihm wollte, oder mit stechendem Blick und vor den Augen hingestreckten Fingern ohne körperliche Gewalt den anderen dem eigenen Willen zu unterwerfen.

Wieder suchte ich nach Sinn. Für Rodolfo bestand er im blinden Wollen, das man in den anderen per scharfen Blick, durch den Anruf im Schlaf, die schnippenden Finger und bestimmte Satzlitaneien hineinzwang. Tat man es nicht selbst, dann tat es der andere mit den Mitteln, die er hatte. Dazwischen gab es nichts. Für Rodolfo war die Suche nach dem All-Einen ein Zeitvertreib und Humbug. Die Welt bestand ausschließlich aus seinen Tricks.

Aber er und seine Kumpane bemerkten doch meinen Sinn fürs Künftige und ließen mich die Zukunft sagen. Oh, ich sagte sie ihnen. Aber ich sagte sie so, dass das, was die Leute gegen meine Prophezeiung unternehmen würden (und sie würden etwas unternehmen, wenn die Prognose schlecht war), zu deren Erfüllung führen musste. Ich sagte nicht: „Wenn du auf die Sechzehn setzt, wirst Du all dein Geld verlieren!" Ich sagte: „Wenn eine mittlere Zahl fällt, wird eine große Summe verloren gehen." Ich sagte nicht: „Kaufe die Herde des Don Alfonso." Ich sagte: „Wenn eine Ziegenherde in einen anderen Besitz übergeht, wird auch eine große Summe ihren Besitzer wechseln!"

Beim Fälschen blieben meine Finger nicht bei Billetts, Aktien und Formularen stehen. Ich erprobte sie auch im Umgang mit den Schlössern, die Rodolfo mir brachte. Splints und Sperren nahm ich auseinander, durchdrang sie mit dem geübten Blick des ehemaligen Klosteralchimisten und setzte sie so zusammen, dass ich die Schlösser später mit einem einfachen Eisendraht würde öffnen können.

Aber hatte der Abt im Kloster nicht gepredigt, dass Diebstahl Sünde sei? Ich sagte mir, dass meiner Mutter vom Leben ja auch alles genommen worden war. Alle, die etwas besaßen, hatten es sich auch irgendwie angeeignet. Es war mein gutes Recht, es ihnen wieder zu nehmen. Wer mir und Rodolfo dies unnötig erschwerte, den straften wir, indem wir seinen Hausrat zerschlugen.

Ich war tief gefallen, und was man von mir dachte, kümmerte mich nicht mehr. Ich hatte die Freiheiten eines Tollhausbewohners. Wo war auch der Unterschied zwischen Malen und Stehlen? Begann der Betrug nicht schon, wenn ich die hässliche, fensterlose Grotte eines Albergo mit Purpur und Indigo in ein bequemes Kabinett voller Nymphen, Faune und Satyrn verwandelte?

7.

Auch einen Rechtsanwalt namens Corleone hatten ein paar gefälschte Urkunden davon überzeugt, dass ich Talent hatte. Er hatte Kupferplatten, Grabstichel und eine gebrauchte Presse in mein Zimmer bringen lassen, die ich ihm abzahlen sollte. Doch Corleone war in ein weitmaschiges Netz von Krediten, Vor- und Nachfinanzierungen, kurz in die Übereinkünfte eingebunden, die den Metallstücken erst ihren Wert verliehen, und eines Tages war er gezwungen, sein Geld von heute auf morgen von mir zurückzufordern. Mein Argument, er vernichte meine Lebensgrundlage, beantwortete er mit einer Handbewegung. Er verstehe meinen Ehrgeiz. Meinem Trieb seien aber durch das System von Vorschüssen und Krediten Grenzen gesetzt, denen der Mensch durch seine Geburt wie durch die Erbsünde ausgesetzt sei. Entweder ich gebe ihm die Maschinen zurück oder man werde mich durchlöchert in einem Gebüsch finden.

Nur durch Konzentration fand ich einen Ausweg. Ich besann mich auf ein kleines Buch, das ich aus dem Kloster hatte mitgehen lassen (es hieß „Von den Wünschelruten") und auf einen Goldschmied namens Marrano, den ich beim Kartenspiel kennengelernt hatte. Mein Verstand brachte das Büchlein und Marrano zusammen. Der hatte mich öfter auf die Alchemistenküche des Klosters angesprochen, weil ich mit meiner Vergangenheit geprahlt hatte. Immer wieder hatte er mit Zechinen in seiner Rocktasche geklingelt und gefragt, ob man sich nicht einmal zum Goldmachen zusammentun sollte. Eines Abends nach dem Würfeln hatte er sogar gesagt: „Wenn du so ein Rezept hättest, würdest du nicht mehr hier sitzen." Dieser Satz hatte mich geärgert, weil er stimmte. Ich beschloss, ihn zum Nutzen meiner Laufbahn zur Kasse zu bitten, ohne dass er es merkte. Ein paarmal gab es noch Streit über das Goldmachen und Goldfinden. Irgendwann schaute das Büchlein „Von den Wünschelruten" aus meiner Rocktasche. Marrano zog es heraus und blätterte darin. Ich sagte, Gold lasse sich auch ohne den Zwischenschritt der Rute finden, allerdings nur mit Hilfe eines Mediums.

„Vielleicht bin ich eins", sagte Marrano, „so schwer kann das nicht sein!"

Die erste Vollmondnacht wurde festgesetzt und genutzt. Wir trafen uns dort, wo wir zum ersten Mal spazieren gegangen waren, direkt am Meer, das an diesem

Abend sehr ruhig war. Ich ritzte das Sechseck des Ezechiel und den Kreis des Pitagore in den Boden und malte das Wort ADONAI hinein. Marrano trat in die Figur, den Spaten dekorativ geschultert. Zitternd senkte er das Instrument und grub, bis ihm Grundwasser entgegen quoll. Er sank in die Knie, platschte mit den Händen im Wasser und sagte: „Hier ist nichts!"

„Du musst tiefer graben", antwortete ich und tat, als helfe ich, indem ich meine eigene Schaufel in den nassen Grund stieß. Darauf stürzten Rodolfo und seine Freunde aus den Felsen, in Ziegenfelle gehüllt und die Gesichter mit gebranntem Kork geschwärzt.

Marrano sank auf die Knie und rief den Allmächtigen, den er soeben noch gelästert hatte, um Hilfe an. Das stimmte die Geister nicht milder. Sie fielen mit Stöcken über den Getäuschten her, und Marrano wehrte sich trotz all seiner Kraft nicht. Durfte er sich auch beklagen? Hatten ihn nicht die Geister gepeinigt, die er selbst beschworen hatte?

Nach diesem Ereignis sah ich ihn vier Wochen nicht. Ich dachte, er miede mich als ebenso unzuverlässigen wie gleichfalls geschädigten Mittäter, bis ich ein paar Gerüchte hörte. Marrano hatte erfahren oder erraten, wer die Geister gewesen waren, die ihm an jenem Abend Fassung und Körperkraft geraubt hatten. Er streunte durchs erste Quartier von Palermo und erzählte jedem, der es hören wollte, er werde mich töten. Bald werde der Geisterseher selbst im Reich der Geister wandeln. Meine Tante riet mir zu einer anderen Stadt. Mein Onkel meinte, es sei besser, wenn ich für ein paar Monate hinter die Berge ginge. Ich dachte, hinter die Berge sei nicht weit genug. Meine Tante sprach wenig, packte eine Eselswurst in eine Leinentasche und riet mir zur Postkutsche nach Messina, wo noch an diesem Tag das Paketboot nach Neapel abging. „Sieh dir Kalkfelsen und Meerbusen gut an", sagte sie, „wer weiß, wann du zurückkommst."

8.

Spät am Nachmittag kam ich in Messina an. Im Hafen lichtete das Paketboot schon die Anker. Ich sprang über den Laufsteg, und das Boot legte ab, als habe es nur auf mich gewartet. Heute bewundere ich den Mut, mit dem ich meine Heimat von einer Stunde auf die andere verließ, denn meine Überlebenschancen waren klein. Solide Kenntnisse aus Handwerk oder Kaufmannschaft besaß ich nicht. Doch in einer Zeit, in der Kirchenmänner auf den Albertus Magnus schworen, in der man Hexen, auf Leitern gebunden, ins Feuer stieß, in der Mönche auf dem Marktplatz glühende Kohlen aßen, würde sich schon etwas finden.

Noch befand ich mich auf dem Wasser. Es wehte ein schwacher Nordost. Während wir in langsamer Fahrt aus dem Hafen glitten, eilte ich in den Schlafsaal, den ich mit zwanzig anderen Passagieren teilte. Der Wind nahm zu, und die Welt um mich begann sich schaukelnd zu drehen. Die Schiffswände legten sich nach oben und zur Seite. Bald schien der Raum schnell zu kreisen, bald still auf dem Kopf zu stehen. Mir wurde übel. Ich fuhr in einem spiraligen Luftstrom nach oben und unten. Ein Trillern kam aus meiner Kehle wie damals im Kloster. Die Passagiere nahmen an, ich sei seekrank geworden. Ich blieb ruhig auf meinem Platz, lauschte den Stimmen im Kopf und muss dann eingeschlafen sein. Morgens ging es mir besser. Als ich an Deck ging, tauchte die Sonne aus dem Meer. Eine Galeere begleitete uns bei auffrischendem Wind. Ein paar dunstige Wolkenbänke zeigten die Küste an, und trotz starken Gegenwindes tauchte zwei Stunden später die Hafenfestung von Neapel auf. Nach einer Stunde Kreuzen konnten wir vor Anker gehen.

Über zwei schmale Bretter betrat ich die Stadt, die nur ein kurzer Drehpunkt meiner Fluchten werden sollte. Lastträger entrissen den Passagieren das Gepäck und verschwanden damit in den Seitenstraßen. Betteljungen griffen nach meinen Armen. Die plötzliche Stille, als alle Passagiere fort waren und ich mich allein auf einer Taurolle wiederfand. Heißhunger übermannte mich. Ich ging langsam in eine belebte, stadteinwärts führende Gasse. Zwischen einem Backwarengeschäft und einem Wurstladen lag eine Garküche, die „Zum goldenen Löffel" hieß. Ich trat ein und wurde vom Padrone in einen Speisesaal mit drei langen Tischen geführt, wo etwa fünfzig Personen laut schwatzend speisten. Ich hatte ja nur noch zwei Zechinen und nahm Makkaroni aus feinem Mehl mit geriebenem Käse und Gewürzen. Ich aß langsam, beobachtete meine Nachbarn und ärgerte mich über mich selbst, weil ich noch ohne Urteil für die neue Welt war. Fischer, Matrosen, Stallknechte und Gardisten saßen mit Straßenverkäufern und Lastträgern beim Spiel. Eine persische Katze schlich zwischen den Tischfüßen herum und fraß die Fleischreste. Wie gerne hätte ich ihr Gesellschaft geleistet. Vom Nachbartisch hörte ich ein Gespräch. Drei Gestrauchelte, wie ich ohne Mittel, waren auf der Suche nach einem Strohhalm. Einer, dessen Unterarme tätowiert waren, sagte: „Kehricht aus der Stadt, raus aufs Land; so was ist gesucht!" Sein Nachbar sagte: „Nach Mitternacht vor die Oper! Die Pferde geben Mist; und draußen in den Gärten ist's guter Dung!" Mehr verstand ich nicht, aber ich hatte genug gehört.

Die Inquisition schreibt, ich habe in Neapel von der Bezahlung durch alte Frauen gelebt. Freilich habe ich nie im Leben dümmer und ehrlicher vegetiert als hier. Ich verdiente etwas, indem ich den Mist der vor der Oper wartenden Pferde sammelte, ihn zusammen mit dem Kehricht aus der Stadt schaffte und an die Gärtner vor den Stadtmauern verhökerte. Auf dem Rückweg trug ich Küchengewächse in die Stadt und machte damit einen Schnitt. Zwei Monate bot ich Kürbisstücke als Wassermelonen an, zwei weitere Limonade, die ich aus Zitronen und Wasser braute.

Vielleicht wäre wirklich ein Trödelkrämer und nicht Graf Cagliostro aus mir geworden, hätte nicht der Zufall eingegriffen. Einst, als ich mich mit einem Vorrat von Krüppelholz und Fruchtkernen durch das Marktgewühl drängte, sah ich, wie ein junger Kerl von Krämern, Schaulustigen und Polizisten verfolgt wurde. Der Junge lief zwischen Buden und Ständen hindurch. Seine Verfolger waren in der Überzahl und hatten ihn bald eingekreist. In diesem Augenblick prallte er mit aufgerissenen Augen gegen mich, stürzte, rappelte sich auf und entkam. Die Leute umringten mich, beschuldigten mich und forderten etwas, das ich nicht verstand. Ein Wachsverkäufer sagte, der Junge sei ein Taschendieb und ich sein Komplize. Ein Trödler wollte beobachtet haben, wie er mir eine Taschenuhr zugesteckt habe, die dem Sinistro dort gehöre. Aus dem Menschenhaufen trat ein Mann mit dem Gesicht einer Brezel und drohte mir mit der Faust.

Ich versuchte, den Leuten klarzumachen, wie absurd der Vorwurf war, und bot ihnen an, meine Taschen zu durchsuchen. Man tat es und fand die Uhr. Das Bürschchen, das an Entkommen nicht mehr geglaubt hatte, hatte sie mir während des Zusammenpralls zugesteckt, ohne dass ich es gemerkt hatte.

Ich spürte den Hass, der vom Mob kam, dumpf und ohne Überlegung. Molluskenhass, der ohne Worte gegen mich anschwoll. Blind und uneigentlich. Er traf mich als jemand, der zur Hand war.

Wie hätte ich mich gegenüber der Menge verhalten sollen, der ich meine Durchsuchung ja selbst angeboten hatte? Man verhöhnte mich als einen die Wahrheit sagenden Lügner, bezeichnete mich als Sacktuchlupfer und Börsenzieher. Der Bestohlene rief nach einem Knüppel. Der Mob brachte mich im Triumphzug zum Gefängnis, wo ich die Nacht verbrachte. Am nächsten Tag kleidete man mich in den Armsünderrock, ohne dass ich einen Richter gesehen hätte. Unter dem Spott der Gaffer wurde ich zum Galgen geführt und war vor Mundzucken und Herzklopfen schon halbtot. Man zerrte mich die Stufen hinauf. Ich hatte mit dem Leben abgeschlossen. Doch nahm mir der Schinder den Sünderrock ab, ließ mich den Galgen küssen und sagte mir, dass ich frei und aus der Stadt verbannt sei. Sollte ich je zurückkehren, so würde ich aufgeknüpft.

Der Todesschrecken war schlimmer als die zehn Streiche, die ich erhielt. Erst nach einer Woche erwachte ich aus meinem Dämmerzustand. Wie ich heute weiß, unter Grunzen und Meckern. Meine Mitwanderer machten einen Bogen um mich. Aber etwas Instinkt besaß ich noch. Ein innerer Kompass lenkte mich nach Norden. Während meiner Wanderung durch die Campagna lebte ich von Wurzeln, Früchten und dem Verkauf der Rezepte des Bruders Theophrast. Gegen die Gicht musste man sich auf das aufgeschlagene Johannesevangelium setzen. Bei Alpdrücken war das Gesangbuch vors Schlüsselloch zu hängen. Wollte man mehr und besseren Verstand, musste man ein Blatt aus dem Buch Salomons zu Brei kochen und warm essen. Wollten die Bauern und Schäfer nicht glauben, dass Sonnenwürbel, in Frauenmilch eingeweicht, alle Runzeln verschwinden ließen, dass das Herz einer Fledermaus, unters Kugelblei gemischt, Kugeln zeugte, die trafen, was sie wollten, dann erinnerte ich mich daran, wie Rodolfo mit Sestina verfahren war, wenn sie nicht getan hatte, was er wollte. Ich tauchte meinen Blick in den des anderen und sprach vom Holz der Hüttenwände, vom Rauch in der Küche, dem Feuer des Herdes. Nur mal meine Stimme hören, sich einfach führen, leiten lassen... Den Körper einfach liegenlassen, ruhig gelöst... Landleuten, die mir im Weinberg einen Schluck aus ihrem Krug anboten, sprach ich vom Wasser, dessen Rauschen und Murmeln klinge wie das des Meeres oder des Blutes. Nur mal spüren diese Wärme, diese weite Ruhe ganz von innen her... War die Miene entspannt, glatt und wie gebügelt, wurden die Leute sprachfaul und doch willig, dann zog ich den Verstummenden die Schlüssel, den Reglosen die Kupfermünzen, den Versunkenen die Uhr.

Ich näherte mich Latium. Nachts schlief ich in Scheunen oder an Feldrainen. Tagsüber wanderte ich durch Feigenfelder und Olivenhaine. Zwischen den rötlich schimmernden Bäumen öffneten sich die Weizenfelder. Ab und zu begegneten mir Bauern mit lastschleppenden Eseln, oder ich musste einer Kalesche ausweichen. Je näher ich der göttlichen Hauptstadt kam, desto klarer schien der Himmel zu werden.

9.

Rom! Ich konnte nichts von dem, was man mir über die Heilige Stadt erzählt hatte, für wahr halten. Alles war neu, fremd und groß. Häuser, hoch wie der Himmel, zeigten mir den Abstand zwischen mir und ihren Bewohnern. Die Gitter vor den Palastfenstern sagten mir, wo meine Grenzen waren.

Nachts schlief ich in den Müllhalden, wo es zwar kein Wasser, aber Nahrung gab. Tagsüber streunte ich durch die Straßen, aber die hohen Marmorhäuser wichen vor mir zurück. Es gab so viel, und ich hatte bisher so wenig gehabt. Die Märchen von den Möglichkeiten in den Marmorwüsten schienen für einen anderen gemacht. Ich hatte gedacht, ich brauchte nur in eine Garküche zu treten, um die Bekanntschaften meines Lebens zu machen. Bekanntschaften - in Garküchen! Ich war wirklich etwas tumb in einer Welt, die die Tumben nicht liebt. Eine Hökerin nannte mir einen Kupferstecher namens Valorio, der Kammern vermietete. Ich bekam die letzte, die frei war. Sie maß zwanzig Fuß im Quadrat. Auf dem Fußboden lag ein Strohsack.

Valorio handelte mit Landschaftsbildern, die er in leicht an- und abschwellenden Furchen mit dem Grabstichel in Kupferplatten ritzte. Die fehlerhaften Abzüge durfte ich für ihn verkaufen. Das Beste davon verzierte ich mit ein paar Federstrichen und bot es auf dem Markt als Originale an. Jeden Morgen übernahm ich Valorios Ausschuss, ging zum mercado dei artisti, wo ich Bänkchen und Staffelei aufstellte und mit ein paar Federstrichen aus Abzügen Originale machte. Ich hatte schon ein paarmal gemerkt, dass mir gegen elf Uhr vormittags mehr Leute (hauptsächlich Männer) bei der Arbeit über die Schulter sahen. Als ich den Blicken folgte, merkte ich, dass sie keiner natürlichen Kunstbegeisterung entsprangen, sondern einem hübschen brünetten Mädchen galten, das mir zwischen den Leuten gegenüberstand. Ich sandte ihr ein paarmal den Blick des Rodolfo hinüber und wartete. Jeden Vormittag spürte ich, wie die Blicke dieses Mädchens auf mir ruhten und sich mittags unter den Rufen von Marktschreiern, Seeleuten, Händlern und Budenbesitzern wieder zurückzogen.

Während ich einen Klecks in die auf- oder untergehende Sonne verwandelte, einen Flecken Druckerschwärze in eine Wolke, einen Sprung in der Platte in ein Felsmassiv, rief ich in meinem palermischen Dialekt: „Federzeichnungen! Frische Federzeichnungen! Del arte, bel arte!" Ein Wortspiel, das die Umstehenden von der Staffelei eines alten Künstlers zu meiner herüberlockte. Dann tat ich so, als zeichnete ich mit der Feder, so, wie Umberto oder Giovanni es sich vorstellten.

„Fein gestrichelt", sagte etwa eine Dame, „wie nach der Natur!"

„Was man hoffentlich sieht!"

„Auch nach antiken Vorlagen?"

„Ganz wie die Dame wünschen..."

Plötzlich stand mein Konkurrent neben mir, blickte mir über die Schulter, fächelte sich mit seinem Barett und sagte: „Wie ziseliert, fast Kupferstiche!"

„Wie sie wollen! Auch ein Kollege hat Bedürfnisse?"

„Ein bisschen zu fein für die Federn, die hier liegen!" Er ergriff meinen feinsten Gänsekiel und hielt ihn prüfend neben eins der ausgestellten Produkte.

Wie immer applaudierte die Menge dem lautesten Schreihals. Ein paar Krakeeler rotteten sich zusammen. In seiner Angst ergriff Secundus meine breiteste Feder, drehte sie so, dass sie seitlich stand und rief: „So habe ich es gemacht, so die schmalen Linien erzielt! Seht das Mädchen dort!" Ich wies auf die braunhaarige Schöne in der Menge, der ich so oft den Blick des Rodolfo hinübergeschickt hatte, und skizzierte mit dem nun seitlich gestellten Federkiel ihr flüchtiges Portrait, ihr dreieckiges Gesicht, ihren prüfenden Blick, den volllippigen Mund, den etwas langen Hals, die schmalen Schultern in dem blumenbestickten Kleid.

„Sieht so eine Fälschung aus?" rief ich.

Sofort wandte sich die Menge gegen den Kunstkenner. „Einem ehrlichen Mann die Einkünfte verleiden", knurrte der Alte. Er verstaute Zeichenbänkchen und Gänsekiele in einem Korb und verschwand zwischen den Leuten, die sich murmelnd zerstreuten.

Das Mädchen, das ich gezeichnet hatte, kam auf mich zu und fragte: „Wieviel willst du für das Bild? Ich bin die Feliciani Lorenza! Aber du darfst mich Lorenza nennen!"

„Kann ich dich nach Hause bringen?" fragte ich.

Ich sammelte meine gefälschten Federzeichnungen ein und klappte mein Pult zusammen. Wir gingen die Via del Corso hinunter, vorbei an den Läden der Ölverkäufer, Weinhändler, Makkaronifabrikanten und an den Krämern, die schreiend ihr Gemüse anpriesen. Als ich vor einer Bude stehenblieb, um ein paar gebratene Hähne zu betrachten, sagte sie: „Du bräuchtest Locken wie der junge Geistliche in der Trinità dei Monti!" Als ich spürte, dass ich ihr gefiel, tat ich etwas kälter. Da sagte sie: „Du gefällst mir!"

„Ich habe den Hals eines Stieres und den Blick eines Kettenhundes!" sagte ich, denn ich schämte mich sehr.

„Ich mag dich trotzdem! Du hast zwar einen finsteren Blick, bist auch sonst kein glücklicher Sohn der Natur, aber irgendwas hast du, das ..."

In der Viale Travestere versuchte ich, den Arm um sie zu legen. Aber sie schob ihn mit den Worten weg: „Du bist aber stürmisch! Wir Gürtlerstöchter sind es gewohnt, dass uns der Mann vorher tüchtig den Hof macht!"

Ich dachte: Ich habe mehr Glück als Verstand. Eine Gürtlerstochter, frisch, gesund und auch noch schön.

Nach einer Stunde waren wir im südlichen Teil der Stadt angekommen, wo es Garküchen, Gärten und Gerbereien gab. Vor einer halb ummauerten Hütte blieb Lorenza stehen. Durch eine Mauerlücke sah ich eine Frau, die sich über Bottiche und Wannen beugte, aus denen sie Tierfelle nahm und sie auf Spanten und Kreuzhölzer spannte. Es roch, als hätte man alle Gräber der Welt geöffnet. Ein bärtiger Mann, in Felle gekleidet, kauerte in einer Ecke vor einem Haufen toter Tiere und erhob sich. Als er mir die Hand gab, fiel mir die stumpfe Lederhaut seines Gesichts auf. Er wirkte etwas aufgeschwemmt. Seine Kiefer traten neben den hohlen Wangen wulstartig nach außen. Er bot mir die Rechte zum Gruß, die mit rautenförmigen Schuppen bedeckt war, und sagte, er sei Lorenzas Vater, der Gürtler und Färber Feliciani.

Wir erzählten, wie wir uns kennengelernt hatten. Feliciani zeigte mir die kleine Werkstatt, wo er das Leder auch einfärbte. Er schien mich zu mögen. Aber ich spürte von Anfang an, dass Lorenzas Mutter mich ablehnte. Während des Essens erwähnte sie ein paarmal den Nachbarssohn Pregio und lachte dazu. Als dann ihr Vater, der einen Gehilfen witterte, mich zum kostenlosen Wohnen einlud, kündigte ich sofort meine Wohnung bei Valorio und schlief künftig auf einer Schilfmatte unter dem Küchentisch.

Mit Feliciani verstand ich mich. Am liebsten sah ich ihm zu, wenn er seine Farben mischte, in denen das Gelbe, das Grüne, Hellblau, Dunkelblau, Rot und Orange durcheinanderliefen und sich in Schlieren und Verschlingungen zu etwas Neuem vermischten. Ganz nach dem Gefühl mischte er, weil sonst nichts von seinen Launen in seine Schöpfungen einginge und sie dann genauso gut oder schlecht seien wie die der Konkurrenz.

Was waren eigentlich Licht und Farben, fragte ich, ohne zu ahnen, dass die Frage mehr Bezug zu meinem künftigen Beruf hatte, als ich dachte. Alle Farben, sagte der Gerber, waren lebendige Steigerungen des Kontrasts zwischen Tag und Nacht, denn sie waren alle heller als

Schwarz und dunkler als Weiß. Die Abstufungen dazwischen musste man ebenso sehen lernen wie damals die Buchstaben und Zahlen. Im Grunde aber war jedes Gelb der Narzisse, das Blau jeder Lilie neu und ewig.

Im Kloster hatte Theophrast die Kerzenflamme durch ein Dreiecksglas geworfen und verschiedene, klar gesonderte Farben erzeugt. Künstlich! winkte der Färber ab. Farben sollten auch schön sein! Das Prismenlicht hatte weder etwas mit Schönheit noch mit Natur zu tun. Die einzige Linse durfte ich selbst sein. Danach musste ich sehen und vergleichen.

Und wie? Warum? Alles Finstere und Helle war schon im Auge konzentriert. Brachte man Trübes dazwischen, wurde aus Finster Blau, aus Hell das Gelb. Das waren die Grundfarben. Die Abstufungen dazwischen waren unzählbar und konnten sogar rot eingefärbt werden.

Ob man diese Abstufungen mit Worten bezeichnen könne und ob man dann durch Abstraktion der Farbwörter zum All-Einen komme? Der Färber lachte und wies in die Kübel, wo tausendfarbige kleine und große Spiralen durcheinanderflossen. Ob man die durch Addition erklären könne? Genauso könne man die schönsten Wörter an innere Welten kleben, die man gar nicht besaß, und einander eine Zeitlang täuschen.

Also war die Natur eine Folge meiner Innerungen. Ja, sagte der Färber, sie war weder dumm noch gleichgültig. Sie war ich. Ich musste mich ändern, um näher an das All-Eine zu kommen.

Feliciani machte mir den Markt durchsichtig, indem er mir seine Monopole und Aufteilungen erläuterte. Die Gürtlerzunft sorgte für einen günstigen Platz auf dem Markt, fern von meinem Belästiger im schwarzen Barett. Ich hatte ein kleines Monopol, so dass ich fast konkurrenzlos Valorios geschönten Abfall unter die Leute bringen konnte.

10.

Das Leben im Gerberviertel dauerte ein halbes Jahr, und ich begann mich daran zu gewöhnen. Je länger Lorenza und ich zusammen waren, desto inniger schlossen wir uns aneinander an. Wir taten nichts mehr allein, und ich hatte oft den Eindruck, ihr Vater warte nur auf meinen Antrag. Oft sagte Lorenza: „Ich liebe dich!" Aber ich musste lachen. Denn ich konnte mit den drei Wörtern nichts anfangen. Als sie aber merkte, dass weder Bitten noch Drohungen mich zur Heirat bewegen konnten, wandte sie ein immer wirksames Mittel an, die Eifersucht. Sie musste Felle einkaufen, Laugen ansetzen, Pregio beim Ausheben einer Sickergrube helfen. Sie musste für ihren Vater Häute zuschneiden. Da ich noch nie geliebt hatte, war ich eifersüchtig, ohne es zu wissen.

Sollten mir auch diese Kate und die Gerberstochter wieder genommen werden? Meine fünfte Flucht? Wir gehörten fast dem gleichen Stand an, und doch glaubte ich, Vorbehalte zu spüren. Ich hatte bemerkt, dass sie sich ab und zu etwas auf kleine Zettel schrieb, die sie in einem Papiersack aufhob. Diesen Sack öffnete ich eines Tages, als ich allein war und las Zeilen, die ich noch heute im Kopf habe:

Montag. Für ihn faste ich alle zwei Tage, gehe von nun ab jeden Sonntag zur Kirche, nächsten Freitag zur Beichte, habe ich für Pregio Ausreden erfunden.

Donnerstag. Morgens, mittags und abends um Gottes Hilfe für mich und Giuseppe bitten!

Sonntag. Ich war mit G. zärtlich. Meine anderen Vorsätze habe ich auch fast alle gebrochen. Es geschieht mir recht, keine Briefe von Pregio zu bekommen. Oh, ich bin ein Flittchen! Mit meinen Schwächen und Lügen zerstöre ich seine Liebe! Vor Beppo bemühte ich mich, all diese Gedanken zu verbergen. Denn nichts ist langweiliger als ein Mädchen, das sich nur auf seinen Freund konzentriert.

Mittwoch. Ich habe bisher bei Männern noch immer erreicht, was ich wollte. Aber ich wäre glatt imstande, wegen dieses Federzeichners einen Trank zu nehmen. Ich verliebe mich nie mehr - bis zum nächsten Mal.

Samstag. Ich bin völlig verzweifelt wegen meiner Mutter. Konkubine ist noch das Harmloseste. Unsere Beziehung war so schön ... bis gestern. Aber vielleicht bilde ich mir auch nur ein, dass er kälter war... Und jedes Mal, wenn meine Mutter mich schockiert, denke ich, er müsse es auch tun ...

Ja, ich habe gespitzelt. Aber es war meine erste Begegnung mit einem wirklichen Gefühl, und meine Antwort war kärglich genug. Sie liebte mich, aber mir war auf der Straße, im Kloster und unter Rodolfos Fuchtel dergleichen ausgetrieben worden. Ich empfand nicht, dass ich etwas empfand. Vielleicht konnte ich mir dieses Gefühl auch nicht leisten oder glaubte, es mir nicht leisten zu können. Ja, ich dachte sogar, ich könne ihre Seele aushungern wie Soldaten eine Festung und war zurück zu Valorio gezogen. Doch nachts wanderte ich in die Hüttenstadt, umkreiste die Gürtlerbude und dachte mir Strafen aus, falls ich sie bei einem Fehltritt ertappte.

Eines Nachts hatten mich Eifersucht und Neugier wieder vor die Gürtlerkate getrieben. Das Talglicht brannte. Ich schlich heran und hörte, wie die Mutter zu Lorenza sagte: „Mein Gott, dieser Stierhals! Fälscht Federzeichnungen und treibt sich herum!"

„Ich habe lange überlegt", sagte Lorenza, „ich habe es mit Wutanfällen versucht, mit Geduld, mit Eifersucht..."

„Deine Mutter weiß am besten, an wen du dich halten musst", sagte die Mutter.

„Deshalb habe ich mich entschlossen, ihn fallenzulassen!"

Fallenlassen? - Wohin denn? Konnte man denn das, was man Gefühle nannte, von einem auf den ändern Tag von jemand abziehen - und am Ende gar an jemand anders wenden? Lemurengesichter in der schwarzen Nacht. Das Armzucken, das mir im Kloster und auf dem Schiff die Besinnung geraubt hatte, überfiel mich wieder. Unruhe und der Drang, mich zu bewegen, trieben mich in die dunkle Stadt, die ich während der Nacht durchstreunte.

11.

Am anderen Morgen fand ich mich in einem unbekannten Stadtteil Roms, mitten in einem verwinkelten Gewirr breiter Häuser, in der Nähe der Spanischen Treppe. Eine breite Straße öffnete sich, die in ein Hoftor mündete. Ich trat in den gepflasterten Hof. Er war menschenleer. Neben der

Treppe standen zwei Lakaien in grüner Livree, die mich ohne Widerspruch nach oben ließen. Über einen Vorraum trat ich in einen Saal mit einer Seitengalerie. Dort saßen ungefähr fünfzig festlich gekleidete Damen und Herren bei einem reichlichen Abendessen.

Auf der anderen Seite des Saales wurden mit lautem Knall ein paar Flügeltüren aufgeschlagen. Ein fünfzigjähriger Mann trat herein und ging auf mich zu. Er war sehr groß, hatte weißes Haar und ein großflächiges Gesicht mit gerader fleischiger Nase. Er blickte mich stark, selbstbewusst und zuversichtlich an. Unbefangen sprach er von den Vorzügen wärmerer Kleidung, davon, wie man vom Fenster- hier wies er auf den Fußboden - Menschen in Abendtoilette sehen könne.

Er streckte mir seine Rechte hin. Ich ergriff sie. Er zögerte ein wenig, bevor er sie freigab. Dieses Freigeben ging von einem festen Griff in eine leichte Berührung mit dem Daumen über, einem zögernden Wegziehen des kleinen Fingers, einem schwachen Streifen meiner Hand mit seinem mittleren Finger, zart und flüchtig genug, um gerade die Aufmerksamkeit darauf zu lenken. Allmählich und scheinbar zögernd drückte er mit seinen Fingern auf verschiedene Stellen meiner Hand und ließ den Druck dann unmerklich geringer werden. Ich merkte es, und er verlagerte den Druck auf meinen kleinen Finger, dann wieder zurück zum Daumen. Meine Hand versuchte sich zurückzuziehen, war aber zu verwirrt. Sie blieb mitten in der Luft, während mein Gegenüber konzentriert auf die Wand hinter mir blickte. Ich versuchte seinen Blick einzufangen, wie ich es bei meinen Campagneser Opfern getan hatte. Aber das Schwarz seines Leibrockes sog meine Blicke auf. Ein kleiner Schwärmer, dem's schlecht geht, dachte der Mann. Dicker, rasender Sokrates! Versucht die Augenschraube! Bei mir, ha, ha! Sucht das Schneidergeheimnis: Wie man Menschen macht! Der Geruch! Vielleicht Gerber oder Seifensieder. Ist kein Freitisch hier. Wird er auch noch merken. Dann sagte er mit abwesender Stimme: „Was haben Sie gesagt?"

Ich war mir sicher, nichts gesagt zu haben, und erwiderte: „Ich war wohl einen Moment abwesend!" Mir war nicht klar, ob er mich anschaute oder nicht. Ich hatte das Gefühl, dass mein Blick starr wurde. Hilfesuchend blickte ich auf die Menschen, die auf einmal in den Deckenwinkeln des Saals standen. Die Leute standen dort oben in ihren Abendtoiletten und lachten angeregt wie über einen guten Witz. Der Saal schien zwanzig Ecken zu haben, zu denen Treppen führten, die seitlich aus der Wand kamen. Die Hand meines Gegenübers schüttelte die meine, die zu keinem Körper zu gehören schien. Mein Arm wurde vom Ellbogen abwärts unempfindlich, als sei ein dicker Handschuh aus Wachs darübergezogen. Der Mann strich noch einmal mit seiner Rechten darüber, als wollte er etwas prüfen. Lichtfinsternis, Helldunkel, Obenunten? Es gab diesen Gegensatz nicht, wenn man ihn nicht akzeptierte.

„Ich hätte nicht geglaubt, dass er soviel Widerstand leistet!", sagte er zu jemand. Bei diesen Worten - man lache nicht allzusehr - versuchte ich, in den Fußboden zu entkommen. Dabei folgte er meinen Augen, als wolle er sagen: „Schau dir die Stelle gut an!"

Unter seinem Blick hatte sich der Saal nach allen Seiten ausgeweitet. Statt an der Zimmerdecke gingen die

Gäste nun die Seitenwände hinauf und hinunter. Aber sie gingen wie auf Glas, denn unter ihren Füßen sah man einen blühenden Garten mit Rhododendronbüschen, Zypressenbäumen und Jasminsträuchern. Die Hand des Mannes war plötzlich weit weg. Sein Gesicht verbreiterte sich und schien sich zu entfernen. Dann kam es langsam zurück und lächelte mich an. Ich empfand ein starkes Gefühl der Verbundenheit mit ihm und all den anderen, die dort auf den Wänden wandelten.

Neben ihm stand eine junge Frau und sagte: „Ich glaube, Sie können ihn losmachen!"

„Wenn er es verdauen kann", sagte der Mann, der in einen Tressenrock gekleidet war.

„Lassen Sie ihn frei, Principe", bat sie, „ich stehe für ihn ein!" Darauf fühlte ich, dass ich Arme und Beine wieder bewegen konnte. Ich setzte mich auf einen Stuhl und legte mir ein Stück kandierte Feige auf den Teller. Mein Überwinder stellte sich als Fürst Orlando vor. „Es war nicht leicht", sagte er zu der Frau, „ein bisschen hatte er entgegenzusetzen, aber viel war es nicht. Freimaurer ist er auch nicht. Ich hätte es Ihnen gleich sagen können."

„Fragen Sie ihn doch selbst!", sagte die Frau, „vielleicht ist es ja irgendwas Interessantes!" Ihr Gesicht schien größer zu werden, während sie sprach. Die gerupften Augenbrauen, der fettcremig glänzende Stirnbogen, die Fleischdünen ihrer Wangen, der Mund, den sie während des Redens eingekniffen hielt, alles vergrößerte sich.

„Er kann jetzt nichts sagen", erwiderte der Mann. „Wahrscheinlich ein kleiner Kopist aus der Hefe des Volkes", fuhr sie fort. Ihre Stimme wurde heiser, ihre Wangen wanderten zum Mund, der sich zu einer weichen Kröte verformte. Das formlose Gesicht sandte etwas Lauerndes aus. In meiner Angst legte ich ein Stück Wassermelone mit Orangensoße auf meinen Teller und sagte: „Exzellenz verstehen es, die Menschen aufs Parkett oder an die Decke zu bannen. Aber was ist ein Freimaurer?"

„Mäurer sind Menschen wie Er und ich, meistens Männer, die ihre freien Stunden der Menschen- und Bruderliebe geweiht haben."

„Dem Umsturz", sagte die Frau in einem Ton, als müsse sie niesen.

„Der Brüderlichkeit", fuhr Orlando fort. „An einem stillen Ort verbringen sie eine Zeit, in der kein gewöhnliches Wort gesprochen wird. Der Fürst ist ihr Bruder, der Prinz ihr Schwager. Im Logenhaus sind alle Bürger gleich."

„Wer kann denn schon die Fesseln des Standes und die Ketten der Geburt abstreifen?"

„Der Freimaurer kennt keinen Stand, der den Menschen an die Sippe fesselt und unbrauchbar für die Welt macht."

„Kann man sie studieren, die Freimaurer?"

Platonischer Androgyn, dachte Orlando, weiß nichts von seinen Kräften. Ich stift' 'nen Bund, da haben alle was davon. Muss sich erst mal wiedererinnern. Lass ihn das Nordlicht sehen! „Wenn Ihr es studiert", sagte er, „seid Ihr weit davon entfernt. Wenn Ihr ihm nahe seid, studiert Ihr es nicht! Damit er aber nicht ganz plötzlich vor lauter Licht nichts mehr schmecke und rieche ..." In diesem Augenblick war mir, als werde vor meinen Augen eine Blendlaterne angezündet. Das Licht drang in Bauch und Rücken und strahlte über meine Fingerspitzen zurück zu Orlando, der still und vergnügt in seinem schwarzen, silberbetressten Rock dasaß. An seine Brust fühlte ich mich genommen, und auf seine Knie gesetzt, gedrückt und gehätschelt wie früher von meiner Mutter und von meinen Schwestern.

„Komme Er doch in sieben Tagen pünktlich sieben Uhr in die Via Pinciana, in das Haus, dessen Portal mit dem Kopf des heiligen Januarius geschmückt ist, dann wird man weitersehen!", sagte er. Ich schielte auf die Frau. Die stocherte in ihrem Birnenkompott und tat, als habe sie nichts gehört.

12.

Eine Woche später zog ich pünktlich um sieben die Glocke vor der großen Villa mit dem janusköpfigen Emblem auf der Pforte. Die Tür öffnete sich.

Starke Arme zogen mich hinein und legten mir eine Augenbinde an. Ich wurde eine Treppe hinuntergeschleift, die, wie ich spürte, mit Seidenläufern belegt war. Man führte mich durch ein paar Gänge. Dann mussten wir den Geräuschen nach in einem großen Saal sein, wo man mir die Binde abnahm. Vor mir standen ein paar würdige Herren mit oder ohne Bart, auf dem Kopf Hüte, wie sie in Palermo die Zunftherren trugen. Aber die hier schauten viel verwegener drein, so wie Artisten auf den Jahrmärkten, wie Hasardeure beim Pharao oder wie gut angezogene Fechter in der Altstadt von Neapel. Alle strahlten eine überlegene Stärke aus, wie ich sie bei den Reichen gesehen hatte, deren Häuser ich das ein oder andere Mal getüncht hatte. Sie waren von höherem Stand als ich. Und ich meine, sie ließen es mich spüren.

Einer von ihnen, dessen Miene Freundlichkeit und das Bewusstsein seiner Bedeutung ausdrückte, trat zwischen zwei Kerzen, die auf einem Kasten standen. „Nach links in die Kammer der Besinnung", sagte er.

„Weiß gar nicht, ob man ihm trauen kann", tuschelte ein anderer.

„Ganz vorsichtig hier herein", sagte der erste und drängte mich in einen Nebenraum, wo ich mich auf einen Lattenrost legen musste. Der zweite Mann zog mir meinen Leibrock aus und streifte mir ein Hemd aus weißem Zwirn über. Dann ließen sie mich allein.

Meine Augen hatten sich gerade an das Dämmerlicht gewöhnt, als ich etwas Nasses auf Stirn und Wangen fühlte. Die Decke ist undicht, dachte ich. Ich tupfte es auf, da war es Blut. Ich wollte schreien, war aber mit den Füßen an die Pritsche gefesselt. Auf einer Konsole stand eine Marmorbüste mit flackernden Augen. Dahinter erstreckte sich der Garten, den mich der Principe an der Decke seines Palastes hatte sehenlassen. Ich fühlte mich allein, aber sehr ruhig.

Nach drei Stunden löste jemand meine Fesseln, ergriff meinen Arm und führte mich in ein Kabinett. Unter einem Baldachin saß ein Mann in dunklem Frack und weißem Lederschurz. Es war der Principe. An der Wand hingen Banderolen mit den Aufschriften „Ruhm oder Tod! Wohltätigkeit oder Tod! Tugend, Weisheit, Einheit!"

„Wo ist Sein Bürge?" fragte er mich.

„Er hat keinen", sagte ein Knecht.

Orlando zündete eine dritte Kerze an und sagte: „Weisheit, leite den Bau!"

Die Brüder hatten sich hinter mir aufgestellt und riefen im Chor: „Stärke, führe ihn aus! Schönheit, vollende ihn!" Es roch nach Weihrauch.

„Ist es Sein freier Wille, Mitglied unserer Gemeinschaft zu werden?"

„Eleusisch, eleusisch", riefen die Brüder hinter meinem Rücken.

Ich sagte: „Ja!"

Zwei Männer öffneten die Knöpfe meines Zwirnhemdes und zogen es mir über den Kopf. Ich stand nackt vor der Versammlung, die sich flüsternd beriet, ob ich die Aufnahme wert sei.

„Will Er ein Bruder sein, durch Europa ziehen, Mitglieder werben, Logen gründen und die Lehre des Bundes vermehren, sobald er verheiratet ist?" „Ja", sagte ich, denn alles war besser, als zurück auf den Markt zu müssen und Fälschungen anzupreisen.

„Zur Vollkommenheit ist der Mensch bestimmt", sagte Orlando, „aber dornig der Weg, der dahin führt..." Ich wurde durch ein Wasserbecken geführt, dann über eine heiße Platte zurück vor Orlandos Thron. Ich musste niederknien, er setzte mir einen Zirkel auf die Brust und schlug einen Kreis. Die Männer mit den Zylindern riefen im Chor: „Du warst von Finsternis umgeben, das Licht hat dich hierher geführt." Der Principe nahm mir die Augenbinde ab, senkte seinen Degen und hauchte mir seinen Atem ein. „Mit diesem Odem", sagte er, „weihe ich dich zu einem neuen Menschen!"

Weil er nach Arrak roch, drehte ich mich weg. Das ärgerte ihn, und er sah mich mit einem so zweideutigen Blick an, dass mir schwarz vor den Augen wurde.

Ich erwachte, nachdem ich sechs oder sieben Stunden geschlafen hatte. Der Weg ins Gerberviertel, für den ich sonst eine Stunde gebraucht hatte, kostete mich das Dreifache. Ich kam benommen vor der Hütte an und blickte durchs Fenster. Erwartete ich, Pregio zu sehen, der wieder meinen Platz eingenommen hatte? Lorenzas Mutter stand neben der Feuerstelle und briet etwas. Am Tisch saß ihre Tochter, den Kopf in die Hände gestützt, und sagte: „Ich zeige dich bei der lnquisition an! Du bist eine Hexe!"

„Ich werde dir helfen", sagte die Mutter, „du schmutziges, nichtsnutziges Lügenweib! Du bist den Pregio überhaupt nicht wert! Ich schwör' einen Eid, und dann werden wir ja sehen, wer von uns beiden weiterkommt!"

Ich trat in die Tür und blieb zwischen den zwei Pferdefellen stehen. Ihre Mutter sah mich an wie eine Erscheinung, und Lorenza fiel zu Boden.

„Ich bin's, Giuseppe", sagte ich und kniete mich neben sie, „du wirst mich doch nicht vergessen haben seit gestern!"„Du warst zwölf Wochen fort, das sind drei Monate!", sagte die Mutter und lächelte säuerlich.

„Das ist unmöglich!"

„Unmöglich? Ganz Rom haben wir auf den Kopf gestellt, mitsamt dem Tiber. Jeden Tag sind wir daran vorbeigegangen, an der Villa in der Via Pinciana. Wir haben gerufen..."

„Geschrien", sagte Lorenza, die langsam die Augen aufschlug, „an der Tür gekratzt. Aber niemand hat uns geöffnet! Da hab' ich gemerkt, wie lieb ich dich habe. Wo warst du?" Vielleicht war mir die Zeit abhanden gekommen wie in den Stunden des Tagträumens und Dösens. Oder ich hatte alles nur geträumt. Ich erinnerte mich an nichts. Aber ihr Vater kam herein und bestätigte die Erzählung der Frauen.

13.

Kennt man einen Italiener, dem es leicht fiele, die Heimat zu verlassen? Einen Sizilianer gar? Was wäre mir hier geblieben? Ein Leben in Not, gedruckte Federzeichnungen an den Mann bringen, zurück ins Gerberviertel, wenn ich drei oder vier verkauft hatte. Wollte man ein Virtuoso sein, musste man hinaus.

Eine Woche später standen Lorenza und ich vor Hochwürden Digno. Wir beantworteten seine Fragen, streiften die Ringe über und gingen zum Pult, um unseren Bund durch Unterschrift zu besiegeln. Von Lorenzas kleiner Mitgift kleideten wir uns ein, und wenige Tage später standen ihre Eltern, weinend und Schnupftücher schwenkend, neben der Postkutsche, die sich rasselnd in Richtung Norden in Bewegung setzte. Unser Proviant bestand aus Brot, Feigen und toskanischem Wein. Erst unterwegs begann ich mich an die Zeit zu erinnern, die ich im Mäurerhaus verloren hatte. Je weiter wir nach Norden kamen, desto klarer erinnerte ich mich. Kurz bevor mich Orlando mit seinem zweideutigen Blick angeschaut hatte, waren Flammen aus der Wand geschlagen. Nach meinem Schlaf war ich, so glaubte ich, in aromatischem Wasser gebadet worden und mit ein paar anderen Leuten in Lebenskunde unterrichtet worden.

Der Unterricht hatte lange gedauert. Er hatte Rechnen, Kabbalaauslegung, Bibelkunde und Mesmerismus umfasst. Kein Freimaurer durfte sich die Seele gewaltsam aneignen, die er fischen wollte. Je weniger wir tun mussten, um die Menschen zum Handeln zu bringen, desto wirkungsvoller waren wir. Aber ganz freiwillig kamen die Leute auch nicht zu uns, und so blieb immer dieser Rest, zu dem wir den Anstoß geben mussten.

Hatte Orlando nicht immer wieder erklärt, dass für den Umgang mit der „Welt da draußen" weder die Erklärungsmuster Newtons noch die von Boyle und Paracelsus allein gelten konnten? Hatte man sich beim Umgang mit Natur und Menschen nicht vor allem auf seine Innerungen zu verlassen? - Was waren die Wissenschaften denn anderes als Bilder für die Welt da draußen? Wenn die Bilder nicht sogar diese Welt selbst waren. Ich konnte warten, tauschte nur wenig mit der Welt und hütete mich davor, das Erhandelte allzu schnell in Worte zu kleiden. Darin liegt wahrscheinlich die Überlegenheit aller sogenannten Zauberer. So wird auch in das hier Erzählte meine Innerung nicht völlig eingehen können. Das Geschehen wird nur wie ein Schattenbild zum Leser kommen.

Ich war ja der Topf, in den Gott meine Seele gepflanzt hatte: Aber selbst dieser Gegensatz musste ausgelöscht werden, wenn Orlando recht hatte: Topf - Pflanze, Leib - Seele, Ich - Außenwelt, innen - außen, Raum-Zeit, ich und der andere. Man musste Wörter für das Neue finden, wenn die Trennung fortfiel. Sie würde fortfallen, denn Orlando hatte mich einen Moment lang das All-Eine fühlen lassen, nach dem Theophrast und all die anderen Mönche im Kloster so erfolglos gesucht hatten.

Die Einheit mit allem und jedem! Als Neugeborener hatte ich sie besessen. Dann wurde ich in die Backform von Zeit, Geschichtlichkeit und Gegensatzpaaren gepresst, auf denen das Unheil beruhte: Subjekt - Objekt, Lust und Schmerzen, Raum und Zeit, Einheit und Chaos, Zeit und Zeitlosigkeit. Nur wenn man diesen Doppelungen nachlebte, wurde man sich selbst fremd, und es schwand die Fähigkeit zur Veränderung, die man Magie nannte. Aber wie lange würde ich Orlandos Fingerzeigen folgen können? Würde mich diese Spaltung nicht immer und überallhin begleiten? War nicht dies der eigentliche Sündenfall? Dazu kam, dass der Ritus und die Kraft des Banalen oft stärker waren als Verstand und Vernunft. Der Graf von Saint Germain, Athanasius Kircher, Mesmer, Abbé Faria, auch Feliciani und nicht zuletzt Orlando hatten es gezeigt.

Als ich mit meiner Frau darüber sprach, erwies sie sich als wahre Philosophin. Sie sagte, dass es dann keine Freiheit mehr gebe. Vielleicht hatte sie recht, denn sie verließ sich mehr auf ihr Gefühl und die Empfänglichkeit ihres Körpers als auf die Meditationen eines Principes, den sie nie kennengelernt hatte. Sie habe gehört, sagte sie, dass auf den Einweihungsfeiern der Freimaurer Blut getrunken werde. Daran konnte ich mich nicht erinnern, dachte nur, dass man beim Abendmahl ja auch Blut trank, das kein richtiges Blut war. Darüber muss ich lange gegrübelt haben, denn als ich das Ergebnis gefunden hatte, das ich bei Gelegenheit mitteilen werde, hielten wir schon an der Mole, von der uns der Burchiello, ein großen, gondelartiges Schiff, nach Venedig übersetzen sollte.

14.

Über eine Stunde glitten wir in die Stadt hinein, in der das Wasser die Straßen ersetzte. Es gefiel mir nicht, dass die Häuser aus den Fluten hervorwuchsen und dass man immer nur das flüssige Element unter sich wissen konnte. Überall schwammen die gleichen schwarzen Gondeln zwischen den hochgebauten Häusern hin und her. Ziegelmauern dämmten die Kanäle ein. Hinter jedem Palast gab es einen neuen Palast. Die Stadt wimmelte von Spielern und gefälligen Frauen.

Nach zweistündiger Suche fanden wir das Logenhaus mit dem Kommandanten Piachi. Wir konnten ein Bad nehmen und etwas essen. Die Pilgerkleider lagen für uns bereit. Lorenza wusch unsere Spitzen. Ich bemäntelte vorsichtig eine Goldmünze mit Kupferstaub, denn am nächsten Tag wollten wir uns damit das Reisegeld verdienen. Ich erzähle diesen Trick, mit dem wir einen Juwelier namens Canuzzi betrogen, als einen von vielen Streichen. Nicht alle gelangen, und nicht alle liefen so glimpflich ab wie dieser. Piachi ermahnte uns zur Vorsicht. Er riet uns, als Empfehlung den Architekten Marmi anzugeben, der schon oft Goldköche zu Canuzzi geschickt habe.

Um elf Uhr am nächsten Morgen standen wir vor seinem Bank- und Juwelierhaus im Erdgeschoss eines Palazzos. Auf den Akkord des Glöckchens kam er über den rosa-weißen Marmorboden in den Verkaufsraum geschlurft, in dem Vitrinen in der Form von Notenschlüsseln standen. Die tatzenartigen Hände kamen wie Pfoten aus seinem Leibrock. Sein Kopf war zum Gesicht hin zugespitzt, mit einem schlanken, hohen Hinterhaupt.

Er hatte dunkle Ringe unter den Augen, die auf eine lange, borstige Nase starrten.

„Canuzzi, Bankier und Juwelier! An- und Verkauf von Steinen aller Art, Gold, Wechsel und Akzepte!" „Marquese Pellegrini", sagte ich. „Architekt Marmi empfiehlt mich!"

„Er glaubt also, Er kann, was alle versucht haben?"

„Quecksilber in Silber, Kupfer in Gold!"

„Steine in Brot", fuhr er kalt kichernd fort.

„So weit bin ich noch nicht", sagte ich. Da führte er mich in sein Hinterzimmer, wo zwanzig Destillierkolben auf einem Tisch standen. „Hier kann Er's beweisen", sagte er, „hic Rhodos!"

Ich gab etwas Quecksilber in ein Pfännchen und ließ es sieden. Dann zog ich die Goldmünze aus der Tasche, die ich am Vorabend mit Kupferstaub präpariert hatte. Ich sagte, noch schliefe sie. Sie werde aber gleich in den physischen Zeitstrom getaucht und ihre magischen Kräfte offenbaren. Dann ließ ich mir etwas Sulfat geben, goss davon in eine zweite Schale und warf die Münze hinein. Nach ein paar Minuten packte ich sie mit einer Zange. Da hatte das Sulfat den Kupferstaub heruntergewaschen, und es war pures Gold. Der Trick mit der Kupfermünze wirkt auch heute noch stark, selbst wenn der Zuschauer vorher eingeweiht wurde. Auch Canuzzi konnte seine Verblüffung kaum verbergen. Er hielt die Münze mit einer Zange gegen das Licht und schnupperte mit seiner spitz zugelaufenden Nase an dem rauchenden Metall. Diese Ablenkung genügte mir, um einige bereitgehaltene Silberbrocken aus der Tasche zu ziehen und in das dampfende Quecksilber zu geben.

„Das ist ja fabelhaft! Das ist ja außerordentlich", flüsterte er. An seinen großen Pupillen erkannte ich, dass er im Kopf den Reingewinn bei einer Theke voller Pfannen überschlug. Wenn er's gemacht hat, kriegt er nichts zurück, dachte er. „Mein Herr, so haben wir nicht gewettet! Ich verstehe nicht! Hat Er was Schriftliches?" Warum teilen, wenn's auch so geht? Den Laden vergrößern, ein Atrium dazu, Steinimitationen, Magnetnadeln. Die wissen auch von selbst, wohin sie müssen. Ich blickte über seinen Kopf in den gepflasterten, etwas vernachlässigten Gartenhof mit den drei kleinen, verkrüppelten Olivenbäumchen und der Hermesstatue, an deren rechter ausgestreckter Hand ein Vogelhäuschen hing.

„Machen wir doch einen Vertrag", sagte er. Und als ich mich auf den Architekten Marmi berief, der das flüssige Metall zum halben Preis abgebe, schlug er selbst vor, dort Quecksilber für zweihundert Zechinen einzukaufen, die er mir vorschösse, denn er vermute, dass ich in dieser Höhe nicht flüssig sei. Hier ließ er einen Blick über meine abgeschabte Kniehose gleiten.

Während wir den Vertrag znterzeichneten und beschworen, blickte er mich und Lorenza schweigend an. Er richtete seine dunkel getönten Augenringe auf mich und sog die Luft ein, als seien zwar seine Augen, nicht aber die Nase zufriedengestellt. Beim Abschied vergaß er, mir seine kräftige Rechte zu reichen.

Seine Ladentür klingelte den Abschiedsakkord. Im Rücken spürte ich die Blicke des Getäuschten, dem der Betrug nur noch nicht bewusstgeworden war. Ohne uns umzuwenden, gingen wir zum Canale, wo unser Gondeliere noch auf uns wartete. Meine Frau freute sich überden gelungenen Streich. Wir wussten nicht, dass wir Canuzzi mit den dunklen Augenringen und der spitzen Nase noch einmal Wiedersehen würden.

15.

Bis Monaco hatte sich Lorenza gut gehalten. Meiner Eselsnatur fielen Wandern und Betteln sowieso nicht schwer. Wir wollten Grasse vermeiden und von Fréjus die Straße bis Avignon nehmen. Wir kamen aber nur bis Aix in der Provence. Da bekam Lorenza Fieber. Wir konnten nicht mehr im Freien übernachten und quartierten uns in den „Zwei Delphinen" ein.

Eines Tages, als es ihr wieder besser ging, saß Lorenza im Foyer auf einem Lehnstuhl. Ich kniete neben ihr und nähte die Muscheln der Kreuzritter auf die Löcher meines Mantels. Es war nicht einfach, denn die Muscheln zerbrachen leicht. Als ich schon aufgeben wollte, trat von der Seite ein mittelgroßer, feingesichtiger Mann an mich heran, dessen Haut über den Wangenknochen spannte, und zeigte mir, wie man die Muschel mit einem einzigen Schlag durchbohrte, ohne sie zu spalten. Er stellte sich als Giacomo Casanova vor und sagte, es sei ihm eine Ehre, unsere Bekanntschaft zu machen. Da mir klar war, dass nur Lorenza gemeint war, hielt ich mich im Hintergrund. Casanova versuchte erst auf Französisch, dann auf Englisch eine Unterhaltung zustande zu bringen. Er erkannte Lorenza an ihrem Dialekt als Römerin und machte ihr ein zweideutiges Angebot. Schlechtes Französisch, dachte er. Möcht' mal ihren Pass sehen. Aparte Fratze, schlanke Beine, braune Haut. Keine Krätze. Vielleicht Eselsmilch. Zusammengerollt auf dem Bett. Starker Geruch aus der Achselhöhle. Hinterher Massage. Rebhuhnpastete und Malvasier. Musik bestellen. „Sire, wie können Sie es wagen!" Dann gibt's ein Duell! The winner takes it all!

Lorenza sagte: „Wofür halten Sie mich!" Sie wies ihn darauf hin, dass wir bedürftig waren. Man habe uns Gold und Silber gegeben, wenn wir nur einen Sou erbeten hatten. Herr Casanova gab aber nichts, sondern lobte nur ihre Figur und nannte ihren Gesichtsausdruck „chatteuse". Er sagte, er sei auf einer Pilgerfahrt nach Turin, wo er das Schweißtuch der heiligen Verona anbeten wolle. Da Lorenza allen seinen Angriffen standhielt, zog er sich so vorsichtig zurück, wie er sich herangemacht hatte, und lud uns für den Abend zu einer Pharaobank ein, die er mit einem Freund auflegen wollte.

Nach unserer Begegnung hörte ich ihn auf der Treppenstiege mit diesem Freund tuscheln, unsere Frömmigkeit verhöhnen (zu Recht, aber es ärgerte mich dennoch), meckernd Lorenzas Leib beschreiben und die Vorteile aufzählen, die er zu versprechen schien. Dann verglich er ihre sitzende Stellung im Lehnstuhl mit einer bestimmten Verrenkung, die er auf einem galanten Stich gesehen hatte. Mich nannte er einen Lügner von den Zähnen aufwärts, ein Schurkengesicht, das den Strick nicht wert sei, an dem man ihn hängen werde. Dann schmiedeten sie den Plan, uns beim Glücksspiel zu betrügen.

Abends trafen wir uns in den oberen Räumen, wo er eine Pharaobank von hundert Louisdors hatte auflegen wollen. Aber statt Pharao wollte er Lotterie. Ein Holzbrett war in fünfzehn Felder geteilt und nummeriert. Auf die Zahlen musste man seinen Einsatz legen. Fünfzehn ebenfalls nummerierte Stäbe wurden gemischt, zusammengepresst und fallengelassen. Die zuoberst liegenden Nummern gewannen der Reihenfolge nach. In dem Spiel, das sich zum Scherz „Louis Quinze" nannte, gewann ich mit solcher Leichtigkeit, dass mich Casanova beschuldigte, ein Betrüger zu sein. „Er ordnet die Stäbe heimlich, Balsamo", rief er. „Er presst sie und lässt sie dann nach einem System auseinanderfallen! Am Ende kann Er gar Gedanken lesen!"

Was er meinte, konnte jede Kokotte, wenn sie ihr Gegenüber ein wenig studierte. Ein bisschen davon teile ich immer mal mit, weil das „Gelesene" nett und banal ist. Natürlich konnte ich nicht sicher sein, dass es nicht meine eigenen Gedanken waren, die ich „las"? Fiel bei gleichzeitigem Auftreten der Gedanken bei mir und beim ändern nicht das Später in der Zeit weg, das sicherste Indiz dafür, dass die „gelesenen" Gedanken von mir stammten und nicht vom anderen? Folgte aber mein „Lesen" der Gedanken ihrem Auftreten beim anderen mit Zeitverzögerung, wer sagte mir, dass dieser nicht inzwischen schon ganz neue Gedanken hatte? Es gab nur einen Weg, man musste die Zeit aufheben! Das ist mir nur hin und wieder gelungen.

„Werf Er doch selbst", sagte ich," so wird Er die Gewalt über Seine Finger noch eine Zeitlang behalten!"

Er zeterte, ich sei mit Satan im Bund. Alle lachten, denn ich war in das muschelgezierte Pilgerkleid gehüllt. Neuhaus aber sprang auf und forderte mich für den folgenden Tag zum Zweikampf.

Obwohl ich bisher einen Degen nur im Scherz geführt hatte, gelang es mir mit Kraft, Geschick und ablenkenden Reden, ihn mir eine halbe Stunde vom Leib zu halten. Hält mit, ohne es zu können, dachte Casanova. Vielleicht in einem früheren Leben? Nun suchte er den Sieg mit Tricks. Er zeigte auf ein vorübergehendes Bauernmädchen und tat, als interessiere ihn die Frau. In diesem Augenblick wagte ich einen Angriff und brachte ihm ein blutiges Knopfloch an der rechten Schulter bei. Casanova wurde blass, sah bald auf seine Wunde, bald auf mich, wandte sich ab und sagte, der Ehre sei Genüge geschehen. „Keine Technik, aber kräftig ist Er", verabschiedete er sich. Wie falsch würde er die Geschichte unserer Begegnung einmal erzählen.

Wie meine erste Zeit mit Lorenza verlaufen ist? Man stelle sich ein Paar vor, das seine Hochzeitsreise mit erbetteltem Geld finanziert. Zwischen Parma und Piemont, dem französischen Zipfel und Monaco zogen wir den Almosengebern hinterher und umgingen vorerst die Gasthöfe. Zum ersten Mal waren wir ja wirklich allein und auch, was das Einkommen betraf, auf uns selbst gestellt. Aber wir hatten ja die Pilgerkleider mit den Muscheln darauf, und die Leute gaben uns etwas. Außerdem waren wir jung. Und der Jugend gibt man leichter. Wir hingen aneinander („d'amour à donner", wie man hier sagte) und vertrauten uns unsere Geheimnisse an. Ich berichtete ihr vom Kloster, der Geißelung, dem Armzucken und Mundspitzen, von Rodolfo und den „schwachen Türen", dem billigen Trick mit Marrano, von der überstürzten, vielleicht nicht einmal ungern gesehenen Flucht, dem Leben in Neapel, von der Campagna und von Rom.

Auch sie gestand mir ihre Sehnsüchte. Wie ich entstammte sie ja einer Klasse, die unüberlegt und hoffärtig als „canaille" bezeichnet wurde. Sie war von ihren Eltern für Höheres vorgesehen, aber sie hatten nichts dafür getan.

Von den geträumten Ausbrüchen erzählte sie mir, von ihrer Hoffnung auf eine Wappenkutsche, die eines Tages vor der Gerberkate hielte. Ein Prinz sprang heraus und entführte sie in einem silbernen Landauer.

Wie ihre Eltern sie mit einer Klammer auf der Nase zum Abziehen, Zuschneiden und Gerben der Tierhäute gezwungen hätten und wie sie es nach einem Jahr mit Reden und Weinen durchgesetzt habe, allein zum Markt zu wandern. Wie mein nach oben gerichteter Blick und mein emsiges Stricheln sie gerührt und wie sie die Gelegenheit ergriffen habe, mich aus dem Schlamassel zu ziehen. Ich hatte wenig von den Ängsten eines Menschen geahnt. Nun erfuhr ich, wie wenig es war. Was wusste ich von ihrer Einsamkeit, ihrer Einschnürung, wie sie sich in Gedanken einen Heiligenschein übers Haupt gezaubert hatte, um ihr Leiden zu überhöhen. Wie ihre Eltern sie zum Handeln und Feilschen hatten abrichten wollen, und wie es ihr doch gelungen war, sich einen Raum mit eigenen Gedanken und Wünschen einzurichten, in den sie außer mir noch niemanden hineingelassen hatte. Wie leicht sie alle Träume vom Prinzen hingegeben habe, um bei mir, dem Gegenstück eines Prinzen, zu bleiben. Aus unserer Verschmelzung wuchs mir viel Kraft zu. Doch Verschmelzung heißt auch Eindringen. Und die spätere Auflösung zehrte einen großen Teil dieser Kraft wieder auf.

16.

In Parma und Modena hatten wir eine lockere Bekanntschaft mit dem Hof gemacht. Doch musste ich erkennen, dass höfisches Wesen und Contenance für das Hofleben nicht ausreichten. So arbeiteten wir erst mal auf einem Gut, das Mastenten züchtete. Mit dem Verdienten würden wir nach Paris gehen und Lebensart lernen.

Man fragt, warum wir uns in dieser Stadt, der Metropole der europäischen Adelswelt, nur fünf Stunden aufhielten.

Ich will es erzählen. In Fontainebleau trat kurz vor der Weiterfahrt mein Kutscher auf mich zu und sagte mir, ein verdächtiger Kerl habe die Speichen unseres Wagens gelockert. Nun biete er ihm an, gegen einen halben Louisdor in weniger als zwei Stunden alles in Ordnung zu bringen. Ich riet ihm, nicht darauf einzugehen, die Speichen stattdessen von einem Spengler wieder eindrehen zu lassen. Lorenza sollte im Wagen bleiben. Ich ging in die Postschenke, um dort einen Sherry zu nehmen.

Im Schankraum, der voller Menschen war, die in Rauch und Lärm dicht gedrängt standen, geriet ich neben zwei Bärtige in Pelzüberwürfen und konnte etwas von ihrem Gespräch mithören. Sie sprachen von einem Mann namens Balsamo, der in Paris erwartet werde. Man kenne auch sein Quartier in der Rue des Petits Capucins. Es gelte, ihn auf irgendeiner frischen Tat zu ertappen. Dann wolle man ihn mit einem Lettre de Cachet in die Bastille werfen.

Ich fragte mich, wie ich in diese Mühle hineingeraten war. Die beiden Pelzträger gaben die Antwort selbst. Sie erwähnten einen kirchlichen Vertrauensmann namens

Casanova. Ich erfuhr, dass mein geplantes Quartier in der Rue des Petits Capucins mit einer Spiegelwand und Hörtrichtern versehen war, die eine bequeme Kontrolle gestatteten. Da besagter Balsamo auch verdächtig sei, Freimaurer zu sein, dazu aber ohne Protektion von Hofe oder sonst woher, würden kirchliche und königliche Geheimpolizei endlich einmal einen Fahndungserfolg vorweisen und über die Tortur an Namen von Mitgliedern dieser fluchwürdigen Gesellschaft gelangen. Wir zögerten nicht lange, umfuhren Paris, jagten, ohne die Pferde zu wechseln, bis Calais und setzten von dort ins Mutterland der Demokratie über, wo wir den anderen Tag um vier Uhr nachmittags in Dover eintrafen. Mit einem Flusssegler glitten wir durch die Themsemündung auf London zu. Wir sahen den Tower als schwarzen Fleck im Nebel auftauchen und wieder verschwinden. Gegen neun machten wir im Hafen fest. Die Luft war von Nebel und Kohlenstaub verpestet. Wie in Paris oder Neapel wälzten sich Kutschen, Lastkarren und Reiter durch die kotigen Gassen. An der Kleidung waren Klassenunterschiede kaum auszumachen. Ein Fußgänger, der uns rempelte, schimpfte mich französischen Hund. Rotgesichtige Reiter sprengten durch den Schlamm und schrien dabei „God damn!"

Während der Überfahrt war es einem Taschendieb gelungen, mir die Canuzzigewinne wieder aus meinem Leibrock zu nehmen. Bei unserer Ankunft hatten wir nur noch ein Pfund Sterlingsilber, das waren zwanzig französische Livres. Zwei Drittel davon betrug die Vorauszahlung für eine Zweizimmerwohnung in der Whitecomb-street Nr. 7. Da wir Angst hatten, dass man nach uns suchte, nahmen wir den Namen meiner Tante aus Lanoara an. Ich nannte mich

Comte de Cagliostro, Lorenza Gräfin Seraphina. Natürlich hätte ich an den Straßenecken italienische Balladen singen und deren Texte verhökern oder in den Westindia-Docks schuften können. Doch ich war ein Graf und hatte gräflicher Tatkraft Ehre zu machen und als einfacher Arbeiter in Worseley's Wollfabriken anzuheuern, wenn wir nicht verhungern wollten. Hier hielt ich es aber nicht lange aus. Der Lärm und die Schatten von acht Spinnrädern, die sich laut drehten, machten mir Kopfweh, Übelkeit und Armzucken. Wen wundert es also, dass ich die Schinderei nur drei Wochen durchgehalten habe? Dann zwang mich eine Fingerschwäche zum Ausscheiden. Ich war nun von Lorenza abhängig, die eine Stellung in der Spitzenklöppelei von Brown & Scott gefunden hatte.

Tagsüber streunte ich durch London wie einst durch Rom und Neapel, beging den „Strand" von der alten City zum Trafalgar Square, saugte britisches Teiben in mich ein und dachte kaum noch an die Freimaurer und an den Principe Orlando. Ab und zu führte ich in den Chophouses, einfachen Gastwirtschaften, die Straßenmädchen heran, oder ich trug Briefe für die Penny Post durch London. Drei Tage kassierte ich in Vauxhall Gardens den Eintrittsshilling. Dennoch langweilte ich mich und nahm es Lorenza übel, dass sie mich tagsüber allein ließ.

Wenn wir nichts Besseres zu tun hatten, las ich ihr abends aus dem beliebtesten Anzeigenblatt, dem „Gazetteer and London Daily Advertiser" vor. Ein älterer Landadliger suchte „zur Betreuung, Entspannung und Pflege jugendliche, herrische Haushofmeisterin. Bitte melden bei Mr. O'Porke in St. Albans". Andere Annoncen versuchten durch Bilder und einfache Texte das Auge einzufangen. Hier verlangte ein Graf nach einem Röhrmeister, dort ein Bürgerlicher nach einem Begleiter. „Ältere, begüterte Witwe", lautete ein anderer Text, „sucht für ihren Bridgeclub außergewöhnliches Mannsbild von langem Atem und ausdauernder Kraft! Interessenten bitte melden bei Mrs. Highworth, New Bond Street Nr. 89." So etwas wird nie in Frage kommen, dachte ich. Aber unser Geld schmolz. Lorenzas Lohn reichte gerade für Zimmermiete und Graubrot. Ich überlegte ernsthaft, ob ich betteln gehen sollte.

Eine Woche später führte mich ein Botengang der Penny Post an jenem Haus in der New Bond Street 89 vorbei, das im „Advertiser" erwähnt war und dessen Portal von vier rosa gestrichenen Säulen gehalten wurde. Ich blieb stehen, philosophierte über den Anstrich und dachte über die Zahl der Räume nach, die das Haus beherbergen musste. Da beugte sich eine gutaussehende Zofe aus einem Fenster und winkte mich nach oben. Ich trat ins Foyer und stieg, von der Kammerkatze begleitet, ein paar Treppen zum dritten Stock empor, wo ich mich in einem Salon mit Schäfertapeten einer Lady von vielleicht sechzig Jahren gegenübersah, die mich aus ihrem Sessel durch ein Lorgnon musterte. Ihre Haare waren rötlich gefärbt. Sie blickte mich an wie Leonardos Frau mit dem Hermelin, berechnend und beobachtend. Sie war so stark geschminkt wie ein Hoffräulein. Ich fühlte mich befangen und blieb an der Tür stehen. „Will Er nicht herantreten?", fragte sie.

Als ich stumm blieb, stellte sie sich als Mrs. Highworth, Besitzerin einer Lotterie vor, die bei monatlicher Ziehung so viel Gewinn abwarf, dass sie sich hin und wieder einen Kavalier leisten könne. „Er kommt doch auf die Annonce", hob sie ihre Schultern, die in Gaze gepackt waren. „Er traut sich sicher noch nicht recht, weil es das erste Mal für ihn ist! Ein kleiner, dicker Schüchterling aus dem Volk! Ist Er außergewöhnlich? Hat Er einen langen Atem?"

Ich erwiderte, ich hätte keine Lobeshymnen auf mich selbst anzustimmen. Sie müsse sich ihren Eindruck schon selbst verschaffen.

„Ja, worauf warten wir denn dann noch", sagte sie und bot mir zehn und auf meinen verlegenen Blick, den sie für kalt hielt, zwanzig Pfund Sterling. Sie klingelte nach der Zofe, wies sie an, ein Bad herzurichten und gab ihr für den restlichen Tag frei.

Ihr Klopfen war das Zeichen für mich, ins Bad zu treten, wo sie sich bis zur Hüfte in der gefüllten Wanne ausgebreitet hatte. Sein Stiernacken, dachte sie. Möcht's mal fühlen. Wahrscheinlich kaltnaß. Das heißt, es dauert. Wie neulich bei Marlatti: Wenn's gut ist, ihm's beibringen. Der Drittstand hat's im Leib. Zehn Pfund werden reichen. Nach Holzhackerart! Übereinen Stuhl hatte sie geworfen, was ihre Gestalt tagsüber zusammenhielt: ein Fischbeinkorsett, in dessen vordere Front zwei Wattekugeln eingearbeitet waren, einen Reifrock, der das faltige Fleisch der Beine bedeckte und die Brüsseler Spitzen, die ihrer Zofe besser gestanden hätten. Der Gedanke an die Zofe brachte mich sogleich in einen Zustand der Aufgerührtheit.

„Hübsch ist Er nicht", rief sie von der Wanne her, „aber gedrungen und so gut gebaut wie erforderlich!" Ich rückte ihr im Wasser näher, was sie eine Initiative nach der anderen ergreifen und das Volumen meiner Aufgerührtheit erkunden ließ.

„So legt doch Hand an", seufzte sie, „oder weiß Er nicht, wie man eine englische Dame bedient?"

Ich schickte meine Hände auf den Vormarsch, wo sie weiches, aber intaktes Gelände erkundeten. Sie begann zu zittern und sagte, sie sei sehr müde. Ich solle sie aufmuntern. Jeden lasse sie nicht ins Haus. Das Ganze nehme sie jedes Mal mit. Sie sei sich auch nicht sicher, ob sie ein dauerndes Verhältnis mit mir eingehen solle. Ich solle endlich meinen Job antreten. Dann werde man weitersehen.

Ich entgegnete, es sei besser, wenn wir uns außerhalb der Wanne vereinigten. Meine Männlichkeit war nun einmal in Aufruhr, und obgleich ich bedauerte, nicht mit ihrer Zofe umzugehen, spiegelte mir Secundus vor, ebendieser erweise ich all die Wohltaten, die kein Kavalier seiner Dame verweigert. Sie war weniger welk, als ich gedacht hatte, und hatte einen beunruhigenden Vorrat beruhigender Liebkosungen. Ich brauchte mich auch nicht allzusehr über ihr abzuarbeiten, denn alles, was ich sonst bei Lorenza tat, besorgte sie.

Süße Ohnmacht, dachte Mrs. Highworth, ich hätte ihm den Kopf waschen sollen. Tatsächlich liefen Schweiß und Pomade unter meiner Perücke hervor und benetzten ihr Gesicht, das einen Ausdruck tiefer Ruhe annahm. Sie hatte ihren weißen Leib recht gut in Schuss gehalten. Es fiel mir aber schwer, sie zu liebkosen, weil ich an Lorenzas bräunlichen Körper gewöhnt war. „Ah, kleiner Kavalier, du tust mir wohl", stotterte sie von Mal zu Mal. Und nach einer Stunde träumte ich von einer dauerhaften Verbindung. Aber die Dame unterbrach meine Gedanken. Sie fragte mich nach der Uhrzeit und sagte, dass sie noch Gäste erwarte, die ihre neue Frische bewundern sollten.

Ihre Sätze erschütterten meine Phantasie, und ich begann meine Kleider, die einen Pfad vom Bett zur Wanne bildeten, aufzusammeln.

„Es war fast schöner mit Ihm als mit Marlatti", sagte Mrs. Highworth, während ich mich ankleidete. Sie dürfe sich nur nicht in mich verlieben, da ich nicht nur tatkräftig, sondern auch von Verstand sei. Sie hoffe, mich jetzt öfter zu sehen, denn sie spüre schon, wie ihr Marlatti immer weniger bedeute. Dann gab sie mir die versprochenen Sterlingpfunde, die sie aus einem Kassenschrank nahm. Ich musste versprechen, unser Stelldichein in vierzehn Tagen zu wiederholen.

Auf dem Heimweg drehte ich die Silberlinge in der Tasche und dachte darüber nach, ob es Zufall oder Schicksal waren, die mich an diesem Nachmittag in die New Bond Street hatten gehenlassen. Wahrscheinlich das Schicksal. Denn je feiner die angewendeten Begriffe werden, desto schneller verschwindet der Zufall. Ich legte mich aufs Bett und wartete, bis Lorenza nach Hause kam. Dann zeigte ich ihr das Geld und sagte, ich habe es auf der Straße gefunden.

„Du siehst abgespannt aus", sagte Lorenza, „das Geld müssen wir natürlich abgeben". Wo er's wohl her hat? dachte sie. Gefunden? Wo denn? Ist doch viel zu viel. Straßentricks? Gesungen? Ich krieg' es raus, und wenn's ein Jahr dauert! Ich musste Zuflucht zu allen möglichen Spitzfindigkeiten nehmen. Ich sagte ihr, dass wir als augenblicklich Arme ein Recht besäßen, das sich vom Naturrecht ableite. Wir könnten das Geld ruhig behalten. Die Gefahr zu verhungern sei zu groß.

Ohne innere Überzeugung gab sie nach. Ich beendete unseren kleinen Streit mit den Worten: „Dieses Geld wird uns helfen zu überleben!"

Nun erzählte Lorenza, sie habe in der Fabrik durch einen Zufall die Bekanntschaft des Miteigentümers gemacht. Er sei nicht nur Fabrikbesitzer, sondern trage sich mit dem Gedanken, eine große Lotterie zu sprengen. Sie habe ihm von meinen Künsten in der Kabbalaauslegung erzählt.

Herr Scott wolle einmal zu Besuch kommen und seine Verlobte, ein Fräulein Fry, mitbringen. Sollte sich meine Lage durch einen Zufall von heute auf morgen verbessert haben? Schon stellte ich Überlegungen an, wie ich die Bedürfnisse von Mrs. Highworth und die Unternehmerwünsche des Herrn Scott in Verbindung bringen könnte.

„Balsamo", wird man sagen, „du hast dich verkauft! Da wunderst du dich, dass deine Lorenza dir später entlaufen ist! Für zwanzig Pfund Sterling, vierhundert Livres, hast du dich verkauft. Später wirst du ihr vorwerfen, wozu du sie vielleicht selbst verleitet hast! Wer garantiert uns überhaupt, dass deine Zeilen ehrlich sind? Sie saß am Klöppeltisch und erhaspelte sich deine Artischocken und Sandwiches, und du wagst es, dich zu beklagen!" Was blieb mir denn übrig? Von der Fabrikarbeit bekam ich Kopfweh und Armzucken. Die Natur hatte mich nicht zur entäußernden Arbeit bestimmt. Vom Klöppeln allein konnten wir nicht leben, und Lorenza hat von dem Geld auch gegessen. Wen schädigte ich denn? Niemand wusste etwas, und ich habe mich auch nicht aus Liebe, sondern aus Not verkauft. Es war besser, als im Workhouse Schiffstaue aufzudrehen. Ein „Job", wie man hier sagte. „Well done" oder „wrong done", danach richtete sich die Bezahlung. Womit hätte ich sonst hinzuverdienen können? Mit Falschspiel, wie es Agostino in seiner Biographie schreibt? Ich habe nie falsch gespielt, nie Karten mit Gaunerzinken angerührt. Auch der sicherste Falschspieler wird einmal erkannt. Spiel heißt Zufall. Und wenn auch der Zufall den Menschen umtreibt, so hat er doch seine verborgenen Wünsche, die nicht zulassen, dass der verfluchte Zufall übermächtig wird. Ich, der ich mich so oft treibenließ, habe den Zufall mehr gefürchtet als irgendeiner.

„Aber du hättest deine Diamanten verkaufen können, Balsamo!" Diamanten habe ich nie besessen. Die Steine an meinen Fingern waren venezianische Imitationen. Wurde doch bei Hofe verlangt, dass der Schein gewahrt blieb, ein Schein, so falsch wie die Leuchtbildchen, die ich mit der Laterna magica an die Wand zauberte, um den ägyptischen Wein zu verkaufen. Die Inquisition nennt es Betrug. Ist aber die Ausbeutung des naiven Aberglaubens Betrug, so muss dieser Satz auch für den Glauben gelten sowie für alles, was auf die Nachprüfung verzichtet; denn erst mit der Nachprüfung fängt die Wissenschaft an. Scott zum Beispiel verzichtete auf die Nachprüfung und ließ sich durch ein Spiel mit Zahlen ersetzen. So konnte ich ihn mit der Kabbala einfangen. Denn die Zahlen engen die Wahrnehmung ein.

17.

Fräulein Fry war eine große, weißhäutige Blondine mit kalten Augen und einem hübschen Grübchen in ihrer etwas zu dicken Kinnspalte. Sie trug ein grasfarbenes Seidenkleid und ein schwarzes schafwollenes Häkeljäckchen. Herr Scott war in Seeuniform und Dreispitz. Er hatte ein schnauzenartiges Untergesicht und zwei Reihen scharfer, gerader Zähne in seinem viereckigen Mund. Wenn er die Augen schloss, schob sich von unten ein zweites Lid wie eine Nickhaut über die Pupille, was ihm einen gewissen Raubtiernimbus verlieh. Mir nicht an der Wiege gesungen, dachte er, dass ich mal zum Pendler muss, Schande für einen Kapitänsohn! „Sir, wenn Sie mir bitte sofort die Zahlen...!" Besser warten! Was hat man im Leben nicht schon alles versucht? Hunderennen, Schnapsbrennen, Hühnerzucht, die Kleine 'raus ins Vauxhall. Diesmal klappt's. Ich krieg' sein Knowledge raus! Oder sein System! Einer hat mal die Zahl seiner Narben gesetzt und die Bank gesprengt. Bin dicht davor. Und dann? - Der Mohr hat seine Schuldigkeit getan! - Wär' auch lieber anders. Er wirkte unausgeglichen und hektisch. Sein unsteter Blick irrte zwischen mir, Lorenza und seiner Verlobten hin und her, als werde er verfolgt. Ab und zu sagte er seiner Braut wie zum Scherz ein grobes Wort und lachte dazu.

Wir erhielten Komplimente für das römische Souper, das Lorenza zusammengestellt hatte. „Artischocken, gefüllt, so etwas kennt man bei uns gar nicht", sagte Herr Scott. „Trüffel, wo kommen die denn her?", fragte Fräulein Fry.

Zwischen ihren Riesenbissen unterhielten wir uns über unsere Völker und über die Regierungsformen. Die Republik wollte ich nur gutheißen, wenn der Monarch kein Weiser war.

„Die Peers geben aber Selbstbewusstsein", sagte Scott, „füllen uns den Beutel, ohne dass gleich ein Fürst danach greift, und erhöhen den Wagemut des Unternehmers für Fabriken und Lotterien... Womit wir beim Thema wären! Meine Frau", er wies auf Fräulein Fry, „berichtete mir, dass Er über Zahlengeheimnisse verfügt."

„Woraus besteht der Lottotopf?", fragte ich.

„Der Lottotopf besteht aus hundert nummerierten Kugeln. Die Kugeln liegen in einem Holzkasten. Ein Fräulein zieht sie mit verbundenen Augen. Die erste Kugel gewinnt zehntausend Pfund Sterling, die zweite fünftausend, die dritte zweitausendfünfhundert usw. Will man mehr gewinnen, kann man auch darauf wetten, welche Zahl als die wievielte erscheint. Das ist das Prinzip!"

„Das Fräulein zu magnetisieren oder die Kugel mit Marken zu versehen, damit die Hände im dunklen Kugelkasten eine Hilfe haben, haben Sie sicher längst versucht!" „Alles und noch mehr", sagte Scott. „Also hilft nur noch die Kabbala weiter."

„Aber wie kommt man an die Zahlen?"

Ich reichte ihm die Rechentafel, die ich vorbereitet hatte, und ließ sie ihn eine Zeitlang studieren:

```
20 10
20           10
20        3 10              O.S.A.D.
21         4 3 2           6 3 3 11
+ 04      9 7 0 0
45         2 2 4 4 8
         3 7 0 0 0 0 - 33 - 14 = 47
```

```
11  5  2 20 19  5 16 20  9 20 14 16 20  5  4
L   e  b  u  t  e  q  u  i  v  o  q  u  e  d
20 13  5  4  3 18  4  5 20 21 15  5 17 18 14
u   n  e  d  e  s  d  e  u  x  p  e  r  s  o
13 13  5 18  4  5 18  1  3 14 13  6  9  1 13 3 5
n   n  e  s  d  e  s  a  c  o  n  f  i  a n c e
```

Dann sagte ich: „Die aus der Pyramide herausgezogenen Buchstaben A bis X sind durch die Ziffern eins bis einundzwanzig dargestellt, wobei K als nichtfranzösischer Wert entfällt und U - wie im Lateinischen - gleich V gesetzt wird. So muss man bei ausgeschlossener Subtraktion aus den Ziffern der Pyramide eine Zahl Eins erhalten, die sich so selbständig wie erwartet gar nicht darin findet. Sobald man die Zahl Zehn als untrennbaren Wert auffasst, wie dies ihr Platz in der Pyramide andeutet..."

Scott, der stark schwitzte, nahm seine Perücke ab und legte sie in den Schoß.

„Andererseits ist die höchste Positionsziffer der Pyramide die Zehn! Was an größeren Alphabetwerten herausgezogen wird, kann durch Addition, eventuell auch durch Addition, und folgende Subtraktion errechnet werden. Wir verdoppeln also die Zehn und erhalten die Zwanzig, was zu beweisen war!"

Scott rieb sich seine Nickhaut. „Mir will nicht in den Kopf, wie man Heraushebung und Addition in einem Atemzug... Die Zwanzig also! Ich will Gewinn draus ziehen und gar nicht erst versuchen zu verstehen!" Auf einmal hatten es beide sehr eilig. Beim nächsten Tête-à-Tête mit Mrs. Highworth wollte es der Zufall, dass wir auf ihre Lotterie zu sprechen kamen. Liebe macht vertraulich, und im Gespräch ergab es sich, dass sie schon seit Jahren zum Vorteil einer ausgesuchten Klientel an den Zahlen herumdokterte. „So alt bin ich nicht", sagte sie,„ dass mir die Süße der Liebe nichts wert wäre! Mein Gott, ins Traumland treiben für ein bisschen Kugelziehen!"

Drei Tage später waren Herr Scott und Fräulein Fry wieder da. Scott sagte schon in der Tür, die Zwanzig sei gefallen, und ich sei weiser als die sieben Weisen von Zion. Im Verlauf unserer Unterhaltung gab er zu verstehen, dass ich die Lottozahlen jetzt immer ausrechnen müsse. Es falle mir ja offenbar leicht.

Ich erwiderte, die Kabbala habe mir berichtet, ihre Zahlen dürften den Menschen nicht davon abhalten, sich sein Brot im Schweiß seines Angesichts zu verdienen. Da wurden Scotts Augen mit der Nickhaut schmal. Er sagte, wenn ich mich weigerte, ihm die Zahl auszurechnen, werde er meine Fähigkeiten an den „Chronicle" geben. Er wies darauf hin, dass Lotteriebetrug hier mit dem Hängen (er sagte „mit dem Zappeln") bestraft werde, und verabschiedete sich mit seiner Braut ohne Gruß. Am nächsten Tag stand im „Chronicle", Graf Cagliostro, ein betrügerischer Fremdling aus Malta, besitze die Gabe, mit kabbalistischen Berechnungen die Gewinnzahlen der Lotterie vorherzusagen, Perlen zu vergrößern, Schätze aufzuspüren und Meerwasser durch Gedankenkraft zu entsalzen. Er habe diese Fähigkeiten wiederholt zum Schaden Englands eingesetzt und werde polizeilich gesucht. Man wird sich unsere Angst vorstellen. Zwar glaubte ich nicht, dass die Konstabler auf eine bloße Zeitungsnotiz reagierten, doch zogen wir es vor, in die Leaden Hall Street zu ziehen, wo wir etwas zurückgezogener lebten.

Eines Donnerstags, nachts um elf, klopfte es schwach, aber bestimmt gegen unsere Pforte. Es war Fräulein Fry, die noch in der Tür in Tränen ausbrach und folgendes berichtete: Scott habe alle Gewinne aus Lotterie, Klöppelfabrik und Pharao zusammengerafft und das Weite gesucht. Wir legten sie aufs Sofa, weil sie sogar etwas Schaum vor dem Mund hatte. Unter Schluchzen erzählte sie uns ihre Geschichte. Als junges Ding habe Scott sie verführt, sich ihre Riesenmitgift erschlichen und diese verspielt. Schon einmal sei er zusammen mit einer Dienstmagd geflüchtet und sei erst nach drei Anzeigen im „Advertiser" zurückgekommen. Ich wollte sie mit dem Argument trösten, kleine Gauner kämen immer zurück. Sie antwortete, davon würden ihre beiden Kinder auch nicht satt. Ich versuchte mir Fräulein Fry als Mutter vorzustellen, aber es gelang mir nicht.

Lorenza sagte über meinen Kopf hinweg: „Hören Sie auf, Fräulein Fry! Er tut's ja!"

Deren Weinen ließ darauf schubweise nach. Sie schluchzte noch einmal und sah mich erwartungsvoll an. Er riecht die Zahlen, dachte sie, Zahlentrüffelschwein. Wir brauchen es. Gut, dass Schauspielschule. Bring's hoffentlich rüber. Scott hätt' mich totgeschlagen.

Brauch - Gott sei Dank - nicht ins Bett. Oder er träumt die Zahlen. Scott kann nur das eine. Wo soll ich denn sonst hin? Vielleicht ins Vauxhall oder den Green Garden? Man wird auch klüger. Zwei, drei Jahre noch für Scott, dann macht's ein anderer. Was nutzte das Gedankenlesen? Ich vernahm, was sie dachte und nannte trotzdem die Zahl. Es war die Acht.

Fräulein Fry notierte sich die Zahl auf ihrer Manschette, trank den Rest des Punsches und bat mich, eine Lohnkutsche zu rufen, da sie keinen Penny mehr bei sich habe. Sie ging die Treppe hinab, den Rock gerafft, ab und zu ein Schluchzen erstickend.

Eine Woche nach der Ziehung, bei der auch wir eine mittlere Summe gesetzt hatten, entdeckten wir im „St. James Chronicle" folgende Meldung: „Aufsehenerregende Sprengung der Highworth-Lotterie!!! Den höchsten Lottogewinn des Jahres erzielten die Eheleute Scott bei der Dezemberziehung der Highworth-Lotterie. Da magische Manipulationen im Spiel waren, ließ sich das Paar auf den verbürgten Gewinn zehntausend Pfund von der London Bank auszahlen und segelte mit der „Earl of Scotland" aufs Festland. Wer hat die beiden nach dem 12. Dezember gesehen? Wer hat Zahlen errechnet oder ausgependelt? Hinweise..." usw. usw.

Ich las Lorenza den Artikel vor. Da machte sie sich Vorwürfe. Sie hätte es besser wissen sollen. Sie allein treffe die Schuld. Ich sagte, kein Mensch hätte dem Botticelligesicht und dem Schluchzen Fräulein Frys widerstanden. Aber die Konstabler würden sicher all diejenigen überprüfen, die auf die Acht gesetzt hätten, und dazu gehörten wir auch. Mit ein paar Kleidern und Sterlingpfunden warfen wir uns in die Kutsche nach Dover und verließen die Insel nicht viel später als die beiden, die unsere Gefühle ausgenutzt hatten. Erst nach ein paar Jahren erfuhren wir, dass zwei Stunden nach unserer Abreise die Herren Saunders und Sheridan mit einem Haftbefehl in der Leaden Hall Street erschienen waren.

18.

Über Antwerpen, Münster und Minden gelangten wir in fünf Tagen nach Hannover. Über Magdeburg, wo wir die Pferde wechselten, erreichten wir in Halle Brandenburger Boden und kamen nach zwei Tagen Fahrt in Berlin an. Zum ersten Mal sah ich eine Hauptstadt voller Soldaten. Die Atmosphäre bedrückte mich. Ich hütete mich, aufzufallen oder ein lautes Wort zu sprechen. Neue, gelb und grün gestrichene Wohnhäuser reihten sich in schnurgeraden Alleen aneinander. Nichts wirkte alt oder eng. Zwischen den Häusern gab es weite Äcker, und auf den großen Plätzen exerzierten die Soldaten. Die vielen sachlichen Ziegelpaläste gefielen mir nicht, und ich sehnte mich nach den Marmorhäusern Roms.

Wir waren durchs Brandenburger Tor eingefahren. Der Kutscher hatte nach rechts zum Leipziger Platz gewendet, als ich halten ließ, um ein Exerzierspektakel anzusehen, so groß, wie ich es noch nie gesehen hatte. Fast tausend Soldaten standen im Karree und übten die Handgriffe an Kartusche, Gewehr und Bajonett. Wir stiegen aus, um das Schaupiel anzusehen. Ab und zu hörte man einen Kanonenschuss vom Stadttor her. Dann wurde ein Soldat herangeschleppt. Unter der Sturmstimme eines Offiziers und dem Wirbel der Trommeln begann etwas, das sie dort Spießrutenlaufen nennen. Dreißig Blauröcke peitschten den nackten Rücken des Soldaten, bis er zusammenbrach. Darüber regte sich Lorenza derart auf, dass uns ein Premierleutnant von der Seite ansprach.

„Nur zwei Deserteure!", sagte er. „Wer flieht, stiehlt den Sold. Wer stiehlt, ist ein Räuber. Der Räuber ist ehrlos. Der Ehrlose ist feige. Der Feige schwächt die Zucht und damit das Heer. Deshalb fuchtelt man ihn! - Und Er, zu welchem Ende ist er hier?" Ich antwortete, wir seien zwei römische Gedankenleser, die in Preußens Hauptstadt ein wenig Ruhm und Ehre machen wollten.

Meine Antwort befriedigte ihn nicht, denn er befahl unserem Kutscher, hinter ihm her zur Hauptwache zu fahren, wo wir uns in einem preußischen Arrestlokal vor einem schnurrbärtigen Sergeanten wiederfanden. Es schien eine ehemalige Schule zu sein, denn die Wände waren mit grüner Ölfarbe bemalt, und auch die Tafel stand noch auf ihrem Gestell in der Ecke. Der Sergeant eröffnete uns, wir hätten die Stadtmeldung unterlassen und das Exerzieren belauscht. Kurz und gut, wir seien Spione. Darauf deute schon der angegebene falsche Beruf. Gedankenlesen und Magie seien unmöglich.

Ich sagte ihm, dass unsere Angaben richtig seien. Er hörte gar nicht mehr hin. Ich sagte, ich gehöre der gleichen Loge wie sein König an und wolle in Preußen ein neues Ritual einführen.

Das machte ihn nachdenklich. Er flüsterte kurz mit seinem Adjutanten und sagte, er lasse mit der Hofpost zum König schicken. Dann werde man weitersehen.

Der Abend kam. Der Grenadier kehrte zurück und richtete aus, der König wolle uns selbst befragen. Wenn unsere Angaben stimmten, hätte ich Gedankenlesen und Verwandlung von Materie bei Hof vorzuführen. Andernfalls würden wir gestäupt und wie Spione gehängt. Die Nacht dürften wir aber noch als Gäste Ihrer Majestät in Sanssouci verbringen.

Wie sollte ich das schaffen? Ich hatte keine Goldmünze präpariert wie die, mit der ich Canuzzi hereingelegt hatte. Die Gedanken Orlandos waren noch lange nicht verarbeitet. Leben und Gesundheit hingen von etwas ab, das ich noch nie getan hatte.

Der Sergeant unterbrach meine Gedanken. „Glaubt nur nicht, dass die Logen etwas nützen", sagte er, „die sind dem König ganz gleichgültig!" Um zehn Uhr abends holte uns sein Landauer ab. Der König wollte uns den nächsten Morgen sehen und besaß Zynismus genug, uns die Nacht in einem Gästeflügel des Schlosses verbringen zu lassen.

Am nächsten Morgen stand ich voller Angst und Unruhe früh auf, ließ Lorenza im Bett und ging grübelnd über die Kieswege des Gartens, als mich zwei Windspiele bellend aus einem Gebüsch heraus ansprangen. Den Hunden folgten ein älterer und ein junger blonder Mann. Der Ältere hatte ein ovales, herrisches Gesicht, in der die große Nase ohne jede Einbuchtung über den Brauen schnabelartig aus der Stirn sprang.

Er trug eine kleine Mufferperücke, die in einen straffen Zopf mündete, und eine einfache blaue Uniform mit hohen Aufschlägen, eine Schärpe darüber und einen Ordensstern auf der Brust, einen winzigen Degen an der Seite, und er stützte sich auf einen verbogenen Krückstock, da er gichtbrüchig zu sein schien. Er sah mich klar und machtvoll an. Er nützte den Sympathiesog, der von ihm ausging, um sich mit den Leuten zu verbinden.

„Er ist also der Hexenmeister, der Materie verwandeln kann?" sprach er mich an und lächelte seinem Begleiter zu, einem jungen Mann in der Tracht eines italienischen Abate, auf dessen Schulter er sich stützte.

Ich dachte an den Canuzzitrick. Aber ich hatte nichts vorbereitet. Ich dachte an das All-Eine des Theophrast. Aber hier nützte es mir nichts.

„Nun?", sagte der König.

Ich fühlte, wie er mich musterte. Sich fragte, ob ich von Adel sei. Entschied, dass ich's nicht war. Stellte fest, dass ich bekümmert wirkte. Dass er's an meiner Stelle auch wäre. Ob ich etwas von Springbrunnen verstünde? Wie mir die Tracht seines Begleiters gefalle? Meine Spitzen waren nicht sauber. Zu viel im Freien gefront. Sonne auf's Gesicht. Aufpassen wegen Übergewicht. Ich wäre als Soldat zu klein. Ich war ein kleiner Scharlatan, dem er es zeigen würde. „Er kann ja noch etwas ausgrübeln", sagte er, „heut Abend ist Soiree, bis dahin muss er was gefunden haben, sonst...!" Er legte den rechten Ellbogen in den abgespreizten Arm seines Begleiters und ließ sich wegführen.

Am gleichen Abend fand die Soiree statt, von der ich berichten will. Der König hatte sich sogar den Scherz erlaubt, uns auf einem Billett, das mit „Frederic" unterschrieben war, dazu einzuladen.

Im großen Saal war eine festliche Tafel gedeckt. Ein Kristallleuchter hing von der bemalten Decke und beleuchtete ein Gemälde, auf dem ein Gelage dargestellt war. Der König trug einen grauseidenen Rock mit goldbestickten Nähten, schwarzseidene Strümpfe und spinellgezierte Schnallenschuhe. Er begrüßte uns persönlich und bot Lorenza den Arm, während man mir ein Fräulein von Zieblitz als Tischdame gab. Ich kann mich nicht mehr an alle Namen erinnern, die mir unter den Kerzen des Kristallleuchters genannt wurden. Sie hießen Uckermarck und Finkentritt, Seydlitz, Mouché und von Rohr. An die Herren von Dung, von Trübewitz, Schlabbersdorf, von Schellenkampp, Hahnenkorb und von Dummwitz erinnere ich mich sehr genau, da sie mich neckten und sich mein Schicksal ausmalten, wenn mir, was sie voraussetzten, eine Materieverwandlung nicht gelingen würde. Vorerst kümmerte sich aber noch niemand um uns, denn der König eröffnete den Abend mit einem Konzert.

Fast alle Kerzen wurden gelöscht, bis gelbliches Dämmerlicht herrschte. Die Musiker stimmten gelöst und lachend ihre Instrumente. Ich lauschte gebannt, da mir dieser Vorgang immer als ein Austausch mit dem An-Sich erschien. Leider roch es bei angeheiztem Kamin etwas muffig. Die Lieblingshunde des Königs strichen mit schleifenden Ruten durch die Räume, beschnüffelten Lakaien und Gäste und benagten die Schuhe der Stehenden, die sich Friedrichs wegen nicht wehren durften.

Dann hatten die Musiker ihre Instrumente aufeinander und auf die Flöte des Königs abgestimmt und begannen, ein Stück von Scarlatti zu spielen. Der König war in die Mitte des Raumes an sein Notenpult getreten. Eine große Kerze beleuchtete seine Partitur. Gegen Ende des ersten Satzes trat er nach vorn und spielte allein. Seiner Flöte entströmte ein so reiner, lauter Klang, dass man hätte glauben mögen, einen Konzertmusiker zu hören. Auch verloren seine harten Augen von ihrer stillen Wut, da er sich mehr und mehr in die Klänge versenkte. Das Quintett, in dem von Puttlitz das Cembalo, Mouché die Viola d'Amore, von Rohr den Kontrabass, von Schlabbersdorf die erste und Seydlitz die zweite Geige spielte, wandte sich den Klangfiguren, die der Monarch spontan schuf, im Kontrapunkt zu, wobei der König bei fortdauerndem Schweigen seiner Begleitung öfter allein spielte.

Ich hatte etwas Zeit und sah mir die Mutter des Königs einmal an. Sie trug ein rotes Kleid aus indischer Seide mit einem Pfotenmuster und schien die Versenkung der anderen nicht zu teilen. Ich spürte auf ihrem Gesicht eine lauernde Härte, so als sei der König ihr und niemandes anderen Eigentum. Seine Schwester Wilhelmine saß, ihr rotes Kleid wie einen sizilianischen Quallenkopf um sich ausgebreitet, allein in einem rot bezogenen Sofa und lauschte dem vollkommenen Spiel ihres Bruders.

Ich hätte noch Stunden den Klängen des Quintetts zuhören können, doch es endete plötzlich mit einer kühnen Kadenz und einem ausdauernden Triller Friedrichs. Auf unseren Beifall wurde eine Zugabe gewährt. Alle machten den Musikern Komplimente. Der Monarch unterbrach sie, um sich seine Rührung nicht merken zu lassen, und bat uns zu Tisch. Ich bot Fräulein von Zieblitz wieder meinen Arm und führte sie zusammen mit den Offizieren als meine Tischdame zur Tafel, während der König mit Lorenza und einigen Mitgliedern des Geheimen Conseils am Nachbartisch Platz nahm. Man wartete, sah mich von der Seite an und tuschelte.

19.

Die Mahlzeit war karg. Eine Gasthaustafel hätte sie leicht überboten. Beim Essen glitt das Gespräch schnell zum Übersinnlichen. Man unterhielt sich über Swedenborg, Agrippa von Nettesheim und Athanasius Kircher. Dabei herrschte eine solche Erklärungswut, auch der Wunsch, alles Erkannte sogleich in Geld oder Kriegsgerät umzusetzen, dass es laut wurde und einer gegen den anderen sprach, bis sich die Damen und Herren satt gegessen hatten.

Der König zog seine Spitzenmanschetten aus dem Ärmel, wohin er sie gesteckt hatte, damit sie ihn nicht beim Essen störten. Die anderen Herren knöpften sich ihre Leibröcke auf, so dass man die Spitzeneinsätze sah. Bequem hingestreckt, saßen sie in den vergoldeten, säbelbeinigen Stühlen mit den unbequemen, platten Rückenlehnen. Einige Offiziere rülpsten, was der König rügte.

An den Türen standen die Lakaien, rot berockt wie ihre Herren und kaum von ihnen zu unterscheiden, die Linke in den Rücken gewinkelt, die Rechte halboffen, spähend, nachschenkend und auf einen Wink wartend. Mit einem Mal bemerkte Rittmeister von Dung, dass es keinen Wein mehr gab. „Weggeputzt vom mächtigen Preußenvolke", lachte er, „man sorge für gebührenden Nachschub, wie es sich gehört für ein so siegreiches Volk!" Er winkte den Lakeien, die sogleich heransprangen, doch nur, um mit betretenen Gesichtern zu erklären, dass der Wein insgesamt zur Neige gegangen sei.

„Ich will Wein!", rief von Dung wenig adelsmäßig, und von Trübewitz stimmte ihm zu.

Da sah ich meine Chance. Unter unserer Tafel, halb verdeckt von dem herabhängenden Damast, standen zwei wassergefüllte Zinkkannen, die zum Verdünnen gedacht waren und die man noch nicht gebraucht hatte. Ich fragte die Herren nach dem Unterschied zwischen Wasser und Wein. Sie sagten, das sei leicht. Wasser sei das Element der Felsen und Gebirge. Es war klar, hell und sprudelnd, zum Löschen des Durstes geschaffen und nicht imstande, ohne die Zugabe von Wein zu berauschen. Wein war das Produkt der Rebe, durch Kelterung und Gärung gewonnen. Genügend lange gelagert, vermochte er, klar und nicht sprudelnd, den Durst zu löschen, ohne von einer Minute auf die andere zu berauschen.

Ich sagte ihnen, dass Wein ohne Wasser nicht dasselbe sei wie Wasser ohne Wein. Das Wesen des Wassers sei nach den Schriften Agrippas in dem des Weins inbegriffen. Das leuchtete ihnen ein.

„Bin ich Jehova, dass ich die Wesensmerkmale des Wassers denen des Weins angleichen könnte?"

„Warum nicht?" lallte von Trübewitz, der das meiste getrunken hatte. „Wesensmerkmal ist Wesensmerkmal!"

„So streckt Eure Hand aus!" sagte ich, „und trinkt und schmeckt, so wie Ihr schmeckt und trinkt!"

Damit goss ich ihm einen Schluck ins Glas und fragte, bevor er gekostet: „Die Ehre des Preußenlandes schon gerettet?"

Statt seiner antwortete von Dung, dem ich auch eingeschenkt hatte: „Es ist tatsächlich Wein!"

„Ich habe nicht gesagt, dass ich es sofort will...!" Von Schlabbersdorf und Finkenstein brachten die Nachricht zum Nachbartisch. Der König trat heran, gratulierte mir und sagte: „Da hat Er sich ja noch einmal herausziehen können!" Er schlug mir vor, als Goldkoch in seiner Porzellanfabrik anzufangen, und fragte nach meiner Methode.

„Es ist die Natur selbst", sagte ich, „die manchmal das Unmögliche möglich macht. Ihr kann ich nicht befehlen, genauso wenig wie ich Ihrer Majestät befehlen kann!" Sein Blick wurde finster und prüfend. Er war ein echter König und durch die Art meines Umgangs nicht zu fassen.

Er ließ sich ein Römerglas füllen, fand, dass es Wein war, und sandte eine Probe in seinen alchimistischen Keller. Er blieb an unserem Tisch und brachte das Gespräch auf die Fürstentümer, die ich besucht hatte, auf die Kriegsschiffe und Galeeren sowie die Größe ihrer Landungstruppen. „Will Er nicht ein Vaterland erwerben wie all die anderen und die Mächte, über die Er gebietet, in den Dienst eines Landes stellen?", fragte er. Ich dankte und fragte ihn, was damit gemeint sei.

Da schlug er mir vor, die Zahl der Rekruten in den von mir bereisten Dörfern zu erfragen, Kasernen und Kasematten zu zählen, Exerzierreglements abzuschreiben und die Tragweite der Zündpfannengewehre zu erkunden. Ich erwiderte, dass ich einen Tag Bedenkzeit brauche, und verbeugte mich höflich. Den anderen Morgen ließ er mich um sechs Uhr früh in sein Schlafzimmer bitten, wo er in ledernen Stiefeln im Bett lag und Kaffee mit Milch frühstückte. „Nun, Comte de Cagliostro", fragte er, während er einen Hund aus seiner Morgentasse saufen ließ, „Er hat sich hoffentlich zum Guten entschieden!" Ich erwiderte: „Sire, wenn ich versuchte, ein Spion zu sein, müsste ich mir Gewalt antun. Und Sie wissen sicher, dass nichts schlimmer ist als das Wollen gegen das Wollen."

Seine Augen maßen mich wie unbeteiligt: „So will ich Ihn mit dem Ankauf meiner Armeepferde betrauen!"

Ich musste heimlich lachen, machte aber ein geschmeicheltes Lächeln daraus: „Ich versteh' nichts von Tieren, und von Pferden schon gar nichts!" „Ich lasse Ihn ziehen", sagte der König, „weiß selbst nicht, warum! Sollte Er sich aber bedenken, so wird Er hier immer eine Anstellung finden."

„Ich bin gerade so weit gekommen, Majestät", sagte ich, „nicht mehr zu tun, was ich nicht will! Haben Majestät schon einmal getan, was Sie nicht wollten, was nicht Sie wollten?"

„Ja, leider!", sagte der Preußenkönig, „und zwar durch nichts anderes als durch eine lebhafte innere Vorstellung, die nicht verschwinden wollte. Zum Beispiel schob sich zwischen mich und meinen Vater immer wieder die Vorstellung eines groben Unrechts, das er mir einmal antat."

Erst hatte der König mich nur beeindruckt. Nun aber war ich gerührt, dass er sich mir so menschlich gezeigt hatte. Auf unserer Fahrt aus Berlin unterhielten wir uns lange über diesen Mann, den nur Lorenza für so außergewöhnlich nicht hielt. „Soll ich dir sagen, was er dem Puttlitz hingebrummelt hat, während dir die Wasserverwandlung gelang? Lauter solch Schurkenzeugs", sagte er, „das man wegjagen möchte!" „Im Grunde hat er uns doch richtig beurteilt," sagte ich. Dennoch ging mir der Tonfall des Königs, wie er von seinem Vater gesprochen hatte, lange nicht aus dem Sinn.

20.

In den folgenden Jahren durchzogen wir den württembergischen, sächsischen und bayerischen Hof. Die Zarin Katharina hatte sich auf dem Russenthron etabliert. Polen wurde zum ersten Mal geteilt, und der Bayerische Erbfolgekrieg ging zu Ende. Wie leicht war es doch für das Gelichter, am Hof zu bleiben. Immer herrschte Geldnot. Immer beflügelten Gier und Aberglaube den Wunsch nach Goldkocherei und nach Vermehrung des Staatsschatzes durch Magie. Da hätte man die Herren und Damen können soupieren, dinieren und sich komplimentieren sehen, sich retirieren und mit den Damen couchieren. Ich sah sie um einer hochgezogenen Augenbraue willen sich ein Knopfloch in die Brusthaut schlitzen oder sich übers Schnupftuch schießen.

Aufmüpfige Untertanen wurden vom Hoch-und Halsgericht in die Zange genommen. Dabei waren es die kleinsten Fürsten, die sich am gröbsten gebärdeten. Für die Gedankenfreiheit waren sie alle, die Sires, vor allem, wenn es die Freiheit ihres eigenen Kopfes betraf. Die elektrische Stirnarbeit galt vor allem der Anordnung von Locken auf einer Perücke, dem Ausspielen der courtisans gegeneinander, Farcen oder Wasserspielen, Mädchen oder Buben, die man noch nicht genossen hatte. Gab es Tänze, die man noch nicht kannte? Man ließ einen Tanzmeister aus Paris kommen. Gab es ein Fräulein, dessen Schönheit im Gespräch war? Ein Kammerherr führe sie im Kabinett vor!

Zwischen diesen Höfen reisten wir hin und her, von den Gesellschaftstrommlern angekündigt: Tam-tam, er kommt! Tam-tam, man kommt!

In unseren hochrädrigen Karren durchkämmten wir Europa, den Blick auf unsere Fütterer gerichtet, Tatzen hebend und Männchen machend, wenn Louisdors oder Wechsel herabflogen. Artig brachten wir hervor, was man von uns erwartete: Übernatürliches am laufenden Band, Glätten von Runzeln, Pendeln, Kabbalaauslegung, mesmerische Spielereien. Unser Handwerkszeug? Laterna magica, rosa Pulver, Cantheridenwein, magisches Glas. Glitzersteine, die niemand mehr für Diamanten hielt. Je länger wir uns an den Höfen aufhielten, desto weniger erinnerten wir uns der Freimaurer. Natürlich gründeten wir ein paar Logen. Dafür bekamen wir ja Unterstützungsgelder. Später waren diese Häuser dann die Keimzellen der öffentlichen Meinung, die für die Halsbandaffäre so wichtig wurde. Im Grunde aber lebten wir nur, um zu wissen, wo wir die nächste Nacht verbringen konnten, wie wir neue Tanzbärenstückchen aufführten, damit uns der Brocken Fleisch, der Bissen Brot etwas länger gewährt würden. Magisch, magisch, magisch! Das Wort für all das, was wir nicht verstehen. Dessen Ursache wir nicht verstehen! Noch nicht verstehen! Noch nicht richtig verstehen. - Da es keine letzte Ursache gibt (denn diese hätte wieder eine Ursache), ist magisch das richtige Wort. Lorenza hatte der Hofwelt Contenance und Beherrschung abgelauscht. Vergessen schienen unsere Geständnisse, die einmal Nähe und Wärme erzeugt hatten. Durch den Panzer der Höflingsmanieren vermochte ich nicht mehr zu ihr hinzudringen. Plötzlich saß sie in den Lesezimmern der

Schlösser und fraß sich durch Folianten. Für wen? Für einen Nachfolger? Aber ich bemerkte keinen, so genau ich mich auch umsah.

Ihr verächtliches Auflachen, als ich durch ihren bräunlichen Leib immer weniger erregt wurde. Als ließe sich der Auslöser einer solchen Zurückweisung wirklich so leicht ausmachen, wie es ihr Lachen glauben machen wollte. Ich tappte mit meinen Gedanken zu ihr hin, ohne dass es mir gelang, einen Weg zu ihr zu finden. Oft träumte ich, ich trete in meinem altmodischen Mantel in die Gerberhütte in Rom und fragte nach ihr. Ihr Vater sagte mir, sie sei krank. Sie lag im Bett, das vor das Fenster gerückt war. Neben ihr saß ein Mann in einer Soutane, der in einem Buch las.

So strich ich tagsüber um sie herum und fürchtete, sie füge mich der Reihe ihrer höfischen Verehrer hinzu. Ich sei dazu verdammt, sie täglich zu sehen, ohne ihr nahe sein zu können. Nun konnte auch Secundus nicht mehr verhindern, dass ich sie jener Klasse von Frauen zuordnete, die in den Adelsnächten beim Gala, in der Komödie oder beim Pharao mit Stimme und Augen die Sinneslust des Hofadels kitzelten und sich ihre erotische Phosphoreszenz mit klingender Münze bezahlen ließen. Verfügten sie doch über Künste, Positionen und Gerätschaften, an die ein Adelsfräulein nicht einmal zu denken wagte.

Sie begann Ohrringe aus Amethyst zu tragen anstelle von Korallen, Pariser Parfüms anstelle der Provenceprodukte. Ein- oder zweimal hatte ich sie sogar bespitzelt. Doch ich konnte weder in ihrer Umgebung noch in den Weiberlogen etwas Verdächtiges entdecken. Ich ließ sie von einem bezahlten Subjekt überwachen. Aber der Schurke versuchte mich auszunehmen, und wir verließen den Hof und kehrten eine Zeitlang auf Le Coqs Meierhof zurück, wo sich meine Ängste über dem harten Leben von selbst verloren.

Eigentlich wollte ich mit Lorenza in Frankreichs Süden bleiben und nie mehr an die Höfe zurückgehen. Da passierte etwas, das meine Meinung doch noch einmal änderte. Ich glaube, es war der Sommer 1775, vielleicht auch 1776 oder 1777. Lorenza arbeitete als Garbenbinderin. Ich warf für fünfzig Sous am Tag Häcksel auf die Pferdekarren. Die Spelzen schoben sich in Kleid und Unterkleid und drangen in Mund, Nase und Augen. Nach der Arbeit waren wir ermüdet und durchgeglüht von der Schufterei und der trockenen Wärme.

Eines Abends saßen wir im kiesbestreuten Innenhof von Le Coqs Gesindehaus. Ein Gewitter war aufgezogen und hatte sich über den melancholischen Schatten von Platanen und Zypressen entladen. Wir waren unter die Überdachung geflüchtet, als wir draußen Pferdeschnauben und Kutschengeräusche hörten. Die Pferdeknechte fluchten, weil sie noch mal hinaus mussten, als auch schon Le Coq mit drei Greisen, die angeblich zu uns wollten, aus dem Schatten des Eingangstors trat.

Der erste Alte wirkte nervös und ungepflegt. Er trug armenische Tracht und stellte sich als Monsieur Roubeaux vor. Der zweite trug trotz seines hohen Alters türkische Gewänder, hatte schlaue Augen im ausgemergelten Gesicht und nannte sich Monsieur Alouette. Der Dritte, der sich Saint-Denis nannte, schien mir am friedlichsten. Er war zwar alt und klein, aber stämmig wie ein Sänftenträger. Das lange, graue Haar hing ihm bis auf die Schultern. Durch ein Loch in seinem grauen Rock sah man starke, weiße Armmuskeln.

„Er ist doch der Comte de Cagliostro", wandte er sich gleich an mich. „Ein Magus bei der Feldarbeit", fuhr er fort, ohne meine Antwort abzuwarten. „Dabei wüsst' ich, wie er mit einem Schlag alle Geldsorgen los ist!"

Ich fragte sie, wer sie waren, wie sie uns gefunden hatten und was sie von uns wollten. Lorenza sagte an meiner Stelle: „Wir machen kein Gold mehr!" „Wir bringen welches", sagte Roubeaux und öffnete einen Lederbeutel voller Louisdors. Dann stand er auf und sah nach, ob die Türen zum Gesindehaus abgeschlossen waren.

„Wenn die Herren Pferdeknechte brauchen, Eseltreiber, Leute für ihre Feldmühle ..." „Wir wollen Ihn!" sagte der türkisch Gekleidete, der sich Alouette genannt hatte, mit Nachdruck.

Dann rückten die drei mit ihrem Anliegen heraus. Sie seien drei berühmte Denker und Enzyklopädisten aus Frankreichs Norden, die uns für einen wichtigen Plan brauchten. Wir sollten zurück ins französische Reich und mit den Logengründungen fortfahren, so lange, wie man es uns auftrug. Unsere Logen sollten Keimzellen einer Bewegung werden, die der verkniffene Alouette „Öffentliche Meinung" nannte. Er habe sich die Sache zuerst als Romanfabel ausgedacht, aber schnell gemerkt, dass sie nur für die blöde Wirklichkeit tauge.

Es war merkwürdig, die drei alten Männer in der Rotunde von Le Coqs Gesindehof zu sehen, die sich Gedanken über eine Zeit machten, die nach der ihren kam. Wie sie im Leben etwas auf den Weg bringen wollten, das sie im Kopf erdacht hatten. Der Gedanke rührte und fesselte mich und brachte mich dazu, das Gespräch fortzusetzen. Es ist doch immer nur das Für-den-anderen-Tun, das den Menschen am stärksten treibt.

Saint-Denis sagte: „Er tut damit etwas Vernünftiges und kann dann immer noch Kaninchen aus dem Zylinder ziehen, Goldmünzen in Sulfat tauchen und den Leuten goldene Eier aus der Nase ziehen!" Roubeaux ging zur Tür des Gesindehauses und prüfte, ob sie noch verschlossen war.

Ich: „Und wer gibt mir die Gewähr, dass alles gut geht? Noch einmal fünf Jahre Bärentanz oder mehr und vielleicht alles umsonst!"

Alouette: „Hier sind Louisdors und Zechinen! Seine Macht wird wieder wachsen. Die Leute werden wieder von Ihm reden!"

Lorenza: „Er legt keinen Wert mehr darauf!" Roubeaux: fängt an zu lachen.

Saint-Denis: „Er ist die Hoffnung des Bürgers! Ohne ihn kein Zulauf von den Leuten. Ohne Zulauf keine Logen. Ohne Logen keine öffentliche Meinung! Ohne öffentliche Meinung nichts gegen die Macht des Königs. Außerdem wird er seinen Lebensabend nicht auf einer Meierei verbringen müssen!"

Alouette: „Am Ende wird Er gar in die Akademie aufgenommen, trägt seidene Beinkleider und kann sich so aus einer Truhe mit Zechinen bedienen!" Ich weiß nicht, warum, aber Alouettes Worte gaben den Ausschlag. Mehr wäre nicht nötig gewesen.

Alouette fuhr fort: „Ich werde alle Verbindungen spielen lassen, um Ihm noch einmal Zugang zu den höchsten Kreisen bei Hof und anderswo zu verschaffen!"

Roubeaux: „Mein Gefühl sagt mir, das kann nicht falsch sein!"

Saint-Denis: „Später ein Leben in Sicherheit! Kein Hofdienst mehr!"

Das Bild in meinem Kopf: darauf ich selbst in Samthosen und aus einer Truhe mit Zechinen mich versorgend, hatte das Seine getan. Ich weiß heute noch nicht, warum.

Ich sagte: „Es ist gut. Vorschuss und Empfehlungsbriefe müsst Ihr mir geben! Wir bleiben aber noch so lange, bis unser Vertrag mit Le Coq erfüllt ist!"

Noch in der gleichen Nacht kauften die drei von Le Coq frische Pferde und fuhren wieder gen Norden. Nach Paris oder sonst wohin.

21.

Von Roubeaux' Louisdors kauften wir Spitzen und Schmuck, wurden wieder zum fahrenden Volk in den Postkutschen. Wir kommen in eine Stadt und zahlen das Torgeld. Die Wächter und ein paar Herumtreiber sorgen dafür, dass sich unsere Ankunft hinter den Mauern verbreitet. Der Maire meldet sich aus Angst, dass etwas an ihm vorbeiläuft. Der Hof lässt anfragen: ein neuer oder nur einer der vielen altbekannten Gaukler? Wir geben Vorstellung im Schloss, meistens im großen Saal. Am ersten Tag sind alle begeistert; am zweiten noch gespannt; am dritten blinzelt man sich zu; am vierten wird gegähnt. Aber noch ist das Volk da. Heure publique. Krätzige, Lahme, Asthmatiker werden nach vorn gebracht.

Oh, ich heilte keine Aussätzigen, machte keine Blinden sehend. Ich gab nur einigen, die sich blind und aussätzig fühlten, das Gefühl für Wert und Würde wieder. Ich gab Leuten, die keinen Sinn mehr darin sahen, sich zu bewegen, ein wenig Antrieb. Viele strömten danach in die sogenannten Logen, jene kleinen Säle, die wir in den größeren Städten mieteten. Zehn, zwölf Leute sitzen anfangs auf den Holzbänken.

Zunächst erkläre ich die Ziele, erläutere, was einige nicht einmal unbewusst zu denken wagen: was Freiheit und Menschlichkeit sind. Niemand, nicht einmal der Fürst, hat etwas gegen die Worte. Erst wenn das Wort zur Tat wird, beginnt der Widerstand. Danach erläutere ich die Symbole. Winkelmaß und Zirkel stehen für die Geheimnisse des Mäurertums, für den Goldenen Schnitt, die stetige Teilung und die goldene Zahl des Pythagoras. Ein kleines Ritual wird praktiziert, das dazu dient, Neugierige und Provokateure zu bannen. Die lachen anfangs darüber und werden dann doch ergriffen, ohne dass das funktioniert, was sie für ihren Willen halten. Also: Ich trete, als Venerable gekleidet, im weißen Kleid mit blauer Schärpe und rotem Band vor das Grüppchen, lasse vor ihren Augen etwas erscheinen, von dem ich weiß, dass sie es sich wünschen. Ein Adlatus wird gewählt, der die Rosenkrone aus Papier erhält. Er sagt mir, was er sieht, obwohl er nicht sieht, was er sagt. Man zapft ihm etwas Blut ab, das man ihn trinken lässt, nachdem man es mit dem der anderen und ein paar weißen Tropfen vermischt hat. Bei den meisten Menschen genügt das.

So geht es ein paar Wochen, dann hat sich ein Leithengst an die Spitze der Gruppe gesetzt, dem man die

Loge überlassen kann und auf den es die übrigen zu fixieren gilt. Das Ritual, das man zurücklässt, muss die kleine Gruppe als Mäurer ausweisen, und dennoch die Einzigartigkeit eines jeden stärken.

Der Bürgerstand, ohne eigene Korporation, strömt massenhaft in die Zweizimmeretablissements, die wir in den Städten zurücklassen. Er diskutiert, verwirft, aber erneuert auch die Ideen, die von den Herren Roubeaux, Saint-Denis und Alouette in die Welt gesetzt worden waren. Zu Hause oder in ihren Schreibstuben, in den Kanzleien, Manufakturen oder Kontoren geben sie es sitzend oder stehend an Kunden, Angestellte oder Besucher weiter; manchmal ausführlich, manchmal flüchtig in einer achtlos hingeworfenen Bemerkung, die auf fruchtbaren Boden fällt und weiterwächst. Manche von ihnen ziehen in andere Städte, geben dort den Samen ein, der wächst und groß wird. Der Adel nimmt's auf, spricht's abends auf den Hofgesellschaften durch. Man will modern sein, am Zeitgeist nippen. Man war ja nicht dumm ... und konnte trotzdem nicht wissen, was mal draus werden würde. Die Ideen nehmen zu: an Stärke, Kraft und Umfang. Die Wasserringe des geworfenen Steins stoßen an vielen Stellen an. Ein Schneeball wird zur Lawine. Die Lawine kann sich teilen.

Aus einer Loge sprießen oft drei, vier, fünf Ableger. Weil man den Leithengst nicht mag, weil man selber Leithengst ist, weil ein Punkt des Rituals die Leute erzürnt. Weil - anfangs wenigstens - die Frauen fehlen. Für sie gründet Lorenza eigene kleine Gesellschaften, und unsere Ideen, sie bleiben darin. Oft, wenn die Saat dann keimte, waren wir längst über die Berge, in einem anderen Land, in einem anderen Fürstentum. Ich zog abends schon wieder Tauben aus dem Zylinder, Goldmünzen aus dem Sulfatbad, um den Vormittag darauf in einem neuen kleinen Logenraum den Ritus zu zelebrieren.

Es soll nicht Gegenstand dieser Aufzeichnungen sein, jeden Ritus noch einmal aus der Erinnerung zu feiern. Das besorgen die Historienschreiber. Höfe, Logen, Betteln, das war die nächsten Jahre unser Lebensinhalt. Von einem Fürsten- oder Großherzogtum zum andern, bis wir auch am neuen Hof zum alten Eisen gehörten, bis ein neuer Schamane Schildkröten anstelle von Kaninchen aus dem Zylinder zog, einer, der eine jüngere Begleiterin anbot, die den Souverän ein wenig stärker kitzelte. Nur allzu gern hätte ich meinen Fütterern einmal gesagt, was ich von ihnen hielt. Aber ich durfte sie's nicht einmal ahnen lassen.

Meine Rache konnte nur darin bestehen, Hof und Schranzen zu zeigen, dass ihre Welten die Folgen ihrer Entwürfe und ihres Glaubens waren, und nicht ihr Glaube eine Art Quintessenz, die sie aus der Welt herauszogen.

Wie sie nicht einmal zu niesen wagten, die Herrchen, um die anderen Welten nicht durch ein Rascheln ihres Schnupftuchs zu verstimmen. Wie sie ein Räuspern zurückhielten, bis die Séance, Beschwörung oder Wahrsagerei vorbei war. Wie dann der Leibgeistliche an mich herantrat, um in einem schnell begonnenen Gespräch zu zeigen, wie tief er erschüttert und in den Zustand des Zweifels versetzt worden war. Alles, was ich gezeigt habe, beweise nur, was er, der Geistliche, schon immer gelehrt habe.

Was war denn der Mensch? Zeigte ich, dass die Erde verschwand, wenn er nicht mehr da war (dann waren auch Tod und Fegefeuer Illusion), so fühlte ich erst recht, wie wenig man durch Worte veränderte. Schadenfroh lauschte man im Kabinett, wenn der Schamane erzählte, dass er Kosten gehabt und das vorgeführte Vergnügen ohne Investitionen für Tier und Apparat nicht denkbar sei. Kein Fürst gab gerne und keiner von allein.

Nur eins hatte ich nicht bedacht, als ich bei Le Coq dem Wunsch der Herren Roubeaux, Saint-Denis und Alouette entsprochen hatte. Die Beziehung zwischen mir und Lorenza zerbrach allmählich an den Belastungen, denen sie in der Hofwelt durch Lorenzas Kokottentum und meine Eifersucht ausgesetzt war. Verzicht, Verzicht! Was hätte ich denn tun sollen? Allein über die Höfe ziehen und Lorenza daheim kochen und Strickarbeiten machen lassen? Jedes Mal die bittere Trunkenheit im Kopf, wenn ich die Gefährtin abgeben musste. Ein Beispiel soll für viele gelten. Es geschah in Sizilien. In meiner Heimatstadt Palermo. Von Sachsen her waren wir das zweite Mal nach Württemberg gekommen und im Ludwigsburger „Fasan" abgestiegen. Wir wurden aufs Schloss geladen, hatten dort drei Abende lang wahrgesagt. Da belohnte uns der Fürst statt mit Geld mit zwei Freiplätzen in einer Schlafkutsche, die wir für den König von Sizilien auf meine Heimatinsel überführen sollten. Dies auszuschlagen, wäre eine Beleidigung gewesen. Wohl oder übel verstauten wir ein paar Spitzen und Kleider auf dem Dach und ließen uns dreißig Tage gen Süden rütteln.

Wiedersehensfreude? Heimatgefühl? Immer die gleiche öde Natur, ein paar in die Gemarkung gepflanzte Amtshäuser. Am Rand der Stadt oder des Fleckens der Palast, das Jagd- oder Lustschloss der Fürsten.

Eine Achse, ein Rad oder die Deichsel bricht. Es dauert Stunden, bis ein Bauer, der mindestens so misstrauisch ist wie wir, die Kalesche für eine große Summe repariert. Musste die Kutsche bei der Ankunft nicht nur noch die Hälfte wert sein?

Wir sitzen in der Dorfkneipe und warten - wie auf einem anderen Planeten. Ich hatte vergessen, woher ich kam. Der Trinker, der Dorfprophet, drei Kartenspieler schweigen plötzlich. Eine verhärmte Wirtin wandert zwischen Theke und Tischen hin und her, wischend und nachschenkend. Unsere gebackenen Eier schmecken nach dem gewärmten Zwiebelbraten des Vorgängers. Wir haben noch nicht zu Ende gegessen, da kommt der Spengler und verlangt sein Geld. Die Kutsche ist startklar. Wir können weiterfahren. Wir zahlen die Zeche. Unser Abschiedsgruß wird nicht erwidert. Wir haben die Tür noch nicht ganz hinter uns geschlossen, da flammt in der Wirtsstube das Gespräch wieder auf.

Über die Alpen, wo wir dreimal Radbruch hatten, gelangten wir über die holprigen Küstenwege nach Neapel. Nachdem die Kutsche verstaut war, setzten wir mit dem Paketboot über, mit dem ich Vorjahren in die Gegenrichtung gesegelt war.

22.

Einen Monat nach dem Aufbruch saßen wir gegen sechs Uhr abends im Café de la nobilità von Palermo. Wir hatten das Gefährt beim Agenten des Königs abgegeben und erfrischten uns mit einem Kaffee- und Cognacgetränk. Sollten wir zuerst meine Mutter oder meine Schwestern überraschen? Der Wirt stellte Lichter heraus. Einige Gäste gingen bereits nach Hause, als mich zwei Harpyen des Gesetzes anfielen, mich festhielten und mir die Arme auf den Rücken schnürten.

Aus einem Winkel erschien ein langer Mensch mit einem dichten Bart, der aussah, als habe er ihn vor Mund und Kinn gebunden. Er sagte: „Er ist es!"

Die Gesetzesharpye rief: „Im Namen des Gesetzes, ich verhafte dich, Balsamo!" Ich wollte sprechen, da krähte es hinter dem Bart, und ich erkannte Marrano, dem ich vor vielen Jahren zwei Zechinen abgelistet und dessen Drohungen mich nach Neapel getrieben hatten.

„Als ob ich nicht wüsste, wer das ist!" rief er. „Ich sitze hier, trink' meinen Capuccino, da fällt mir der Zwerg mit dem gewölbten Leib ins Auge. Ich denke, den kennst du doch! Ein Schurkengesicht, das sich einprägt! Da sag' ich mir, Marrano, das darf nicht wahr sein! Der hat die Frechheit und kommt zurück!"

Der Häscher fragte mich nach meinem Namen.

„Graf Cagliostro", sagte ich.

Marrano plärrte, ich sei der Balsamo Giuseppe, das könne er beschwören, jeder in Palermo kenne mich an meiner schiefen Schulter und an meinem runden, eingedrückten Gesicht.

Da alle unsere Empfehlungsschreiben noch in der königlichen Kanzlei waren und Marrano seine Behauptung nicht beweisen konnte, wurde ich auf einem Ochsenkarren in den Turm gebracht. Unversehens fand ich mich in einer steinernen Zelle mit einem Kanten Brot, der so hart war, dass man damit hätte würfeln können. Die Nacht in der Zelle. Es rauschte und brauste in meinem Kopf. Ich hatte das Gefühl, herausspringen und in der ganzen Stadt nach ihr suchen zu müssen. Wäre ein Hoffräulein zur Hand gewesen, ich hätte Lorenza betrogen. Ihr bitteres, gehässiges Clownslächeln, wenn sie nach der Vorstellung von einem Hofmann in die privaten Räume gebeten wurde. Der Seitenblick auf mich wie auf ein ausgelebtes Leben. Nicht einmal die Nacht sprach mit mir. Nicht einmal das Armzucken erbarmte sich meiner. Ich beneidete unsere Tischnachbarn aus dem Café de la nobilità , zwei alte Adelsleutchen, die friedlich ihren Kuchen gegessen hatten. Wenn ich im Café versucht hätte... Wenn ich dort etwas früher ... Wenn wir erst gar nicht ... Bisher war sie doch immer zurückgekommen! In dieser Nacht träumte ich, ich gehe mit Rodolfos Freundin Sestina die Seine entlang. Sie gesteht mir, dass sie mit einem anderen Mann geschlafen hat. Man habe sie dazu gezwungen. Wir gehen weiter, mit den Füßen im Wasser. Am anderen Ufer bin ich ganz sicher, dass sie nun auch mit mir schlafen wird.

Ich erwachte vom kläglichen Schreien einer Wächterstimme. Eine Männerstimme mischte sich ein, dröhnend, befehlsgewohnt, lüstern und gewalttätig. Sie schallte wie ein Hirsch in der Brunft und zeigte eine solche Lust am Kommandieren, dass es nur jemand aus dem Herrscherhaus sein konnte.

Ein Riegel wurde verschoben. Vor- und Nachschlüssel drehten sich. Ein großgewachsener Mann schob den Schließer zur Seite. „Abketten", herrschte er ihn an, und da es ihm nicht schnell genug ging, legte er selbst Hand an. Er schloss mich an die Brust und sagte: „Poveretto!" Lorenza streckte ihren Kopf durch die Tür und zog ihn wieder zurück. „Seraphina, nimm deinen Gatten aus der Hand eines Mannes zurück, der nichts will, als einem Unschuldigen die Ehre zurückgeben!" rief der Mann. Die so Genannte trat herein. Sie trug ein neues Kleid aus sizilianischen Spitzen. Ich war niedergedrückt und erleichtert zugleich. Wie hatte sie es zuwege gebracht? Ein Souverän tat nichts umsonst.

Ich fragte den Mann, der sich als Prinz Ettore vorstellte, wie er mich so schnell habe befreien können. Er sagte mir, dass er immer Mittel habe und dass es im Land niemand gebe, der es wage, sich ihm entgegenzustellen. Er fand meine Frage so merkwürdig, dass er sie mehrmals wiederholte. Er führte uns zu seiner Kutsche. Es war unser Landauer aus Württemberg, den er selbst kutschierte. Wir saßen neben ihm auf dem Bock. Ab und zu legte er die Arme mit den Zügeln um uns beide. Dabei spürte ich seinen frischen, heißen Atem. Das Hürchen noch mal kommen lassen, dachte er. Vorher Kanthe-ridenwein und Liebesklümpchen. Starke Schenkel. Requiescat! Wenn ich's will, bleibt sie ganz hier. So'n provokanter Hofknicks: „Oh, Sie wollen MICH?" Nicht mehr als zehn Zechinen. Träumte, ich glitte auf Leonardos Flugmaschine übern Appenin ... Erst als wir in seinem Schloss waren und Ettore Toilette machte, fragte ich Lorenza nach dem genauen Hergang.

Sie sagte, sie sei nach meiner Festnahme durch die halbe Stadt geirrt und habe nach meinen Schwestern gesucht, deren Adresse aber nicht gewusst. Als sie merkte, dass sie im Kreis ging, habe sie einfach am Schloss als der obersten Instanz geläutet. Zufällig habe ihr der Prinz selbst geöffnet, der gerade in die Oper gewollt habe. Er habe ihr angeboten, sie die Nacht über zu beherbergen und mich am nächsten Morgen zu befreien. Eigentlich habe sie mir sofort zur Hilfe kommen wollen. Der Gerichtspräsident sei aber zu der späten Stunde nicht mehr greifbar gewesen. Da habe sie der Prinz zum Souper eingeladen.

Mir schien, es habe nur jemand darauf gewartet, dass ich sie alleinlasse. Was war ich denn bei Hof ohne sie? Jeder dicke Magier ist nichts ohne seine Gefährtin. Denn im Grunde wird er von ihr ernährt.

Wir blieben noch drei Tage, dann war Ettore unserer überdrüssig geworden. Er ließ uns durch seinen Schatzmeister ein paar Zechinen anweisen und empfahl uns seinem Schwager im Mitteldeutschen.

23.

Wären wir nur in Südfrankreich geblieben! Ein stummer Kampf (ich glaubte es jedenfalls) begann auszuufern wie ein Krieg, in dem die Soldaten ohne Befehle, blind und ungeführt, Salven aufeinander abgaben - durch Nebelwände hindurch, hinter denen sie den Feind vermuteten. Zwar schlüpfte Lorenza noch jede Nacht in den gemeinsamen Alkoven. Doch in einem Klima des Misstrauens wird schon das Denken an den körperlichen Verrat zur seelischen Verletzung. Etwas Wahrheit wäre noch möglich gewesen, wenn wir uns unsere Unaufrichtigkeit eingestanden hätten. Aber ich versuchte Lorenza in meiner Seele zu Schurke und Opfer gleichzeitig zu machen. Ohne dieses Verfahren löst sich keiner von jemand, mit dem er einmal verschmolzen war. Bis ich in den Kellern der Inquisition saß, ersparte ich mir die Erkenntnis, dass sich unsere Gemeinsamkeiten den Höfen zerrieben hatte. Uns war entgangen, wie sehr wir uns selbst verändert hatten. Ich fragte mich, ob Lorenza, die stumm und nach innen gekehrt war, es genauso empfand.

Ein einziges Mal hatte ich das Gefühl, sie rücke noch einmal an mich heran. Spürte sie die Anstrengung, die ich unternahm, um wieder zu ihr hinzutappen? War es nur das Bewusstsein gemeinsamer Gefahr, in die wir uns durch diese Kutschreise nach Osten begeben hatten?

Nach Osten? Unser Weinwunder in Berlin hatte sich noch einmal ausgezahlt. Wir hatten eine schriftliche Einladung des Herzogs von Kurland und Biron erhalten. Er bat uns, die Künste und Kenntnisse, die wir erworben hatten, dem kurländischen Hof vorzustellen. Der Brief enthielt einen Vorschuss und erreichte uns in irgendeinem Kleinstaat, wo sich der Überdruss an unseren Künsten bereits abzuzeichnen begann. Es war der Winter des Jahres 1782, 83 oder 1784. Acht Tage waren wir mit der Kutsche, zwanzig weitere mit dem Schlitten unterwegs. Ein Russe namens Belutschkin lenkte unseren Schlitten durch die verschneite Einsamkeit. Unter einem fahlgelben Mond fuhren wir an Städten und Dörfern mit slawischen Namen vorbei auf Mitau zu, die Hauptstadt des Herzogtums Kurland.

Im Schloss fanden wir einen alten Bedienten wach, der uns leuchtete und unser Gepäck aufs Zimmer schaffte. Wir waren so müde, dass wir bis zum folgenden Tag sechs Uhr abends schliefen. Der Herzog hatte uns ausrichten lassen, dass er uns im großen Saal begrüßen wolle und sowohl ein Souper als auch eine Séance ins Auge gefasst habe.

Er war ein Mensch mit kalten Augen, dicken Lippen, Brauen, die wie bei einer Schranze dünn gezupft waren, und spärlichem Haupthaar, das von einer Halbperücke überdeckt wurde. Er zog einen Stuhl heran, um sich zwischen mich und Lorenza zu setzen. Absahner en gros, dachte er, macht überall Jünger. Ein Händchen fürs Wunderbare. Wirf dein Hab und Gut von dir... Bei der Vorführung genau hinsehen. Lässt die Elementargeister raus. Wie neulich der Streuner in den Anlagen. Eine vom Hof brauchte hinterher mal nasse Tücher. „Willkommen, Wundertäter", begrüßte er mich, „das Weinwunder von Preußen hat sich bis zu uns herumgesprochen, und wen der König empfohlen hat, der ist uns immer willkommen!"

Am Tisch saßen neben dem Herzog und seiner Favoritin der Marschall von Medem und seine Frau, Kammerherr von Houwen, Freiherr von Seckendorf-Aberdorf, Adam Weißhaupt, der berühmte Rosenkreuzer und Illuminat, ein verschrumpeltes, weißhaariges Männchen mit einer Knollennase. Daneben teilten sich der pietistische Pastor Memme mit Dr. Winterstabb, dem Leibarzt des Herzogs, und Graf von Keyserling ein paar Flaschen Neunundvierziger. Fräulein von Manteuffel, die Generäle von der Goltz, Geßler und Dembinski, aber auch Dr. Scieffort, der Leibmagus des Herzogs, saßen dabei. Dr. Scieffort gefiel mir nicht. Mienenspiel und Körper zeigten, wie gekränkt er war. Bei jedem meiner Worte schlug sein Gesicht Falten, wie eine Regenhaut aus Wachstuch. Es passte ihm wenig, dass er die Aufmerksamkeit während meines Hierseins mit mir teilen sollte. Ich spürte, dass ihm jedes Mittel recht wäre, um gegen mich zu intrigieren. Der Dicke hat, wonach ich fünfzehn Jahre strebte, dachte er. Wer hat, dem wird gegeben. Hab' alles versucht. Sogar die Satansmesse.

Während der Begrüßung war er mit seinen Händen freundlich lächelnd an meinem Leibrock hinauf- und hinabgefahren, als suche er etwas. Secundus hatte mich gewarnt und mich ihm sofort entzogen. Scieffort hatte mein Zurückweichen bemerkt und sich seinerseits zurückgezogen, als sei ich es, der ihn belästigt habe.

Das Gespräch ging halb scherz-, halb ernsthaft hin und her, als mir eine Dame auffiel, die vor einem Ölbild stand, das einen rotbackigen Herrn im Jagdrock zeigte. „Es ist unsere Frau von Recke", sagte die Freifrau von Medem, als sie sah, dass ich hinschaute, „sie soll ein gutes Medium sein!" Auch der Herzog hatte sie bemerkt und sagte: „Vorsicht, mein Lieber! Vorsicht vor den Schwarmgeistern, wenn wir seancieren. Sie haben mehr Einfluss, als ich möchte, und haben schon manchen Angelhaken ausgeworfen."

„Lassen das Innerste heraus", sagte von Houwen.

„Was Sucht erzeugt nach mehr an Veitstänzen und Herzensergießungen! Das führt ... in die Revolution", sagte der Kammerherr, „keine Herzöge mehr, keine ..."

„Um Gottes willen, Liebster", sagte der Herzog, „ohne Anführer fräßen die Menschen einander auf!" „Er verdreht allen den Kopf", sagte die Freifrau von Alt-Autz.

„Der Herzog?"

„Nein, der kleine dicke Magier, der gestern Nacht angekommen ist."

Pastor Memme schüttelte sein Ohr und verließ zusammen mit Dr. Scieffort den Saal. Der Herzog schien es nicht zu bemerken und tat, als mustere er mich noch einmal durch sein Lorgnon. In Wirklichkeit aber sah er auf seine Gäste, ob sie auch die Macht erkannten, die von den

Gesten ausging, die er einstudiert hatte. Er zog die Schöße seines Leibrocks mit einer wischenden Bewegung unter seinem Hintern fort, drehte sich zu mir und sprach von der Séance, die man gewünscht hatte. Dann fragte er, ob uns eine Pharaobank nicht lieber sei.

„Séance, Séance!" rief der Tisch.

„Welchen Ihrer Verwandten möchten Sie Wiedersehen?" fragte ich.

Er wandte mir sein Condottiere-Gesicht zu, aber mit einem so leeren Ausdruck, dass jeder im Raum die Nichtachtung spürte, die nicht uns persönlich galt, sondern uns als nur zufällig Anwesende anhauchte. „Ja, meinen Sie wirklich, eine Séance sei unterhaltender als ein Spielchen? Und wenn ich selbst die Bank auflegte?" drehte er erwartungsvoll seinen Kopf in die Runde. Seine Eitelkeit wollte nicht zulassen, dass jemand anders einen Abend lang im Mittelpunkt stand.

Langsam erhob man sich und ging unter Gemurmel und Gläserklirren ins Nebenzimmer, wo gerade ein Pharaotisch in die Ecke gerückt wurde. Einige gingen noch einmal zurück in den Speisesaal, wo Lakaien kleine Portionen Hanfelixier servierten, das der Herzog spagirische Speise nannte.

Frau von der Recke legte sich auf eine Holzbank und ließ sich an den vier Pfosten festbinden. Ich hatte sie noch zur Seite nehmen und ihr zuflüstern können, dass ich ihr viel zutraue. Der Gedanke ans Unglaubliche muss vor jeder Séance neu gepflanzt werden. Denn die mystischen Wünsche entspringen der Tiernatur des Menschen und sind bei allen Mitgliedern der Spezies ähnlich.

Vor ihren Körper hatte man einen Wandschirm gerückt, so dass nur Kopf und Schuhe hervorragten. Mandoline und flute doûce spielten orientalische Musik. Ein Pendel baumelte über der Nasenwurzel der Liegenden.

„Ich sehe Licht", sagte sie in die Musik hinein. „Spürt Ihr auch schon etwas?"

„Ich spüre eine Hand, die mich hart zu Boden zwingt."

„Was seht Ihr am Boden?"

„Eidechsen, fette Aale, Truthahnhälse, Fischgesichter, die mich frech und feist angrinsen! Tragt mich! Tragt mich darüber hinweg!"

„Eine gräuliche Phantasie", sagte der Herzog zu sich selbst.

„Beschreiben Sie uns die Form der Aale und Echsen ganz genau", sagte ich.

„Sie drehen und ringeln sich. Sie sehen aus wie..." Mit einem Mal stand Scieffort wieder im Raum, der sich zurückgeschlichen hatte und mit seiner Zwerchfellstimme zu predigen anfing. Seine Stimme trug den grellblauen Himmel Palermos in den Saal, den Kirchenhimmel. Ich war wieder im steinernen Speisesaal und las die Leidensgeschichten der Märtyrer vor, aber nicht mit meiner Stimme, sondern mit seiner. Die Stimme suchte nach Einlass in Räume, die nicht zum Körper gehörten. Sie ließ keinen krummen Rücken gerade werden und versuchte niemanden nach oben zu lassen, der dort nicht schon war. Sie fragte nach dem Teufel und wo er sei. Eine andere hellere Stimme, die des Pastors, antwortete, der Teufel sei im Raum. Jeder wisse, wer es sei. „Tötet den Gaukler", fuhr Scieffort fort, „denn er versucht, was nur der Herr kann!"

Scieffort war ein kleiner, muskulöser Bursche. Er ging mit hinterhältigem Blick langsam auf unsere Tischrunde zu. Ich sah mich um. Einige blickten abwesend aus geröteten Augen und bewegten langsam die Köpfe. Viel später würden sie diese Stimme als ihre eigene vernehmen. Scieffort blieb vor dem Herzog stehen und versuchte seinen Degen herauszunesteln. Der Herzog zog sein Terzerol aus dem Rock und gab zwei Schüsse auf ihn ab, die ihn verwundeten. „Am ersten Abend", röchelte er, „am ersten Abend!" und sank zu Boden. Dr. Winterstabb, der Leibarzt des Herzogs, wollte die Blutung stillen. Doch anstatt zu klagen wie jeder andere, begann Scieffort die Verwundung zu preisen und nannte sie Kleinod und noch anders. Das schien auch dem Herzog, der bisher kaltblütig geblieben war, Grauen einzuflößen.

Da man in der Aufregung nicht weiter auf uns achtete, zog ich Lorenza zum Ausgang, den wir rückwärtsgehend erreichten. Langsam tasteten wir uns die Stufen hinunter, fanden im Hof ein Wachsstümpfchen, mit dem wir uns den Weg zu den Ställen frei leuchteten. Wir fanden das Tor offen und sahen aus den zersplitternden Schlossfenstern Flammen schlagen, die schnell auf die Hauptgebäude übergriffen. Der Dachfirst fiel knirschend zusammen, und wir hörten das Heulen der Eingeschlossenen. Gott sei Dank war uns unser Kutscher vorausgeeilt und hatte den Rennschlitten des Herzogs reisefertig gemacht. Schreiend und schießend durchbrachen wir die versprengten Trüppchen der Aufrührer und verloren uns in der verschneiten Weite. Ein einziges Mal blickte ich zurück und sah über dem Schloss eine schwarze Rauchwolke aufsteigen, die sich langsam zu einem Pilz verdichtete.

„Wohin?" fragte Lorenza. Alle schlimmen Erinnerungen, Ängste, Eifersucht und Feindseligkeit waren im Angesicht der Gefahr zu nichts geworden.

Auch ich wusste keinen Rat. Ich hatte mir von Kurland einen langen Aufenthalt, gute Fütterung und eine hohe Belohnung versprochen. Da war es der Zufall in Gestalt unseres Kutschers, der die Pferde einfach in die Himmelsrichtung trieb, der er entstammte. Er war es, der in seiner lullenden Sprache die Grenzer begütigte. Er erschwindelte von einem Beamten die Pässe, die uns einen Aufenthalt von drei Monaten „im Reiche der großen Frau und Kaiserin Katharina Alexejewna" bescheren sollten.

In Cholm vertauschten wir unsere Kutsche mit einem Schlitten und glitten noch dreiundzwanzig Tage durch die verschneite Einsamkeit. Wir übernachteten in Blockhütten aus Holz, deren Fenster nicht schlossen. Fingerlange Schaben, Käfer, Asseln und Tausendfüßler drangen durch Böden und Balkenritzen. Die Öfen heizten nicht und drohten uns nachts zu ersticken. Immer wieder brachte Belutschkin Lorenza mit seiner singenden Stimme zur Ruhe, wenn sie „auf der Stelle nach Rom" wollte oder „sofort" ins Großherzogtum Modena. „Wirst auch irgendwann wieder in Rom und Modena sein, Babuschka!"

Wie ein Wattekegel saß er, schützend und breit, auf dem Bock und trank Wodka aus einer Tonflasche. Soll ich von den weißen Wölkchen berichten, die seinem wollvermummten Mund entströmten? Soll ich vom Eisknirschen des Peipus-Sees erzählen? Von dem Kohlebecken im Wagen, das Frost in Kälte verwandelte? Lorenza hatte sich

Wollstrümpfe übers Gesicht gezogen und Augenlöcher hineingeschnitten. Bauern, die man hier Seelen nannte, lebten in Erdhütten und schliefen in Kleidern auf dem Ofen. Gegen eine halbe Kopeke durften wir unseren Löffel in ihre Grützetöpfe tauchen. Andere fanden wir erfroren auf der Straße, nachdem sie sich mit Schnaps bewusstlos getrunken hatten.

24.

Ich übergehe den kalten Empfang am Moskauer Hof, die Summen, die abends beim Kartenspiel verschleudert wurden, den Nimbus, der mir voranrauschte und der sich von Tag zu Tag verkleinerte, weil man mir keine Gelegenheit zu Séancen gab. Ich übergehe die Bälle, auf denen sich Männer in Reifröcken und Frauen in Uniform so lange drehten, bis sie mit verglastem Blick aufs Parkett fielen. Die russischen Schranzen, austauschbarer als die europäischen. Einige Sätze, die ich noch behalten habe:
– Nach der Polonaise tanzte man Menuett.
– Nach dem großen Kontertanz walzte man.
– Ich erhielt einen Platz neben der Kaiserin.
– Ich gab meinen Empfehlungsbrief an den Bankier
– Katharinas ab.
– Beim Maskenfest sollte ich im Domino erscheinen.
– Die Lakaien behielten immer die Untertasse in der
– Hand, während ich trank.
– Ich versiegelte meinen Bittbrief.
– Er war der schönste Mann bei Hofe.
– Ich hatte eine lange Unterredung mit

– der Großfürstin.
– Sie sang ihre Arie mit viel Anmut.

Ich versuchte, meine Gedanken mit denen der Zarin zu kreuzen. Es gelang mir nicht. Doch - einmal war ich kurz in ihren Gedanken, als sie sich im Wintergarten von Zarskoje Selo an ihren Kindergatten Peter III. erinnerte. Wie sie gemeinsam in seinem Schlafkabinett mit Soldaten aus Holz, Stärkemehl und Wachs gespielt hatten. „Schreib Er mir mal alle seine Vorfahren auf, Cagliostro", klatschte sie während einer Soirée in die Hände. Ich glaubte, sie ahnte, wer ich war.

Meine Ausweisung war in höfliche Worte gekleidet: „Wir, Katharina Alexejewna, Einherrscherin aller Reußen, befehlen dem Comte de Cagliostro, der Stadt Petersburg innerhalb von zwölf Stunden den Rücken zu kehren. Er hat sich nach Warschau an den Hof von Stanislaus II. zu begeben und dort weitere Befehle entgegenzunehmen!"

Die Polen? Schnapsmatinées! Provinzgrafen, die mit glattrasierten Köpfen, den Säbel gegürtet, den Morgenmokka tranken und mit lullenden Worten zerrupften, was sich am Vortag in Ballett oder Theater zugetragen hatte. Ihre Sucht nach Duellen mit dem Alibi der Feiglinge; denn immer forderte der stärkere Schütze oder Fechter den schwächeren heraus. Ich will ein paar Gründe aufzählen:
– Ist es richtig, Monsieur, dass Sie beim Essen eines Backhendels meinen Namen riefen?
– Ist es richtig, Monsieur, dass Sie dem Orchester eine Mazurka anordneten, obwohl ich einen Walzer befohlen hatte?

– Ist es richtig, Monsieur, dass Sie die Stirn runzelten, während Sie mich ansahen?
– Ist es richtig, Monsieur , dass Sie das Schoßhündchen von Mademoiselle Aljoscha nannten, bei dem Kosenamen also, den Mademoiselle mir zuerkannten?

Die Atmosphäre? Nicht viel anders als in Russland. Unten die Bauern in ihren hölzernen Koben zusammen mit den Schweinen und Kühen, oben Pharaobänke, Kutschenrennen, Spielschulden und parfümierte Briefe. Forderungen, weil es einer Ballettratte gefallen hatte, zwei larmoyante Schnurrbärte gegeneinander auszuspielen. Was hatte ich hier zu suchen ? Sollte ich warten, bis die Clique um den König mich in eine Ecke stellte und dem Gaukler eine Flasche vom Kopf schoss, ein Heidenspaß, bei dem der Narr zufällig durchs Auge getroffen wird? Einmal hatte der Spaßmacher den König mit einem Scherz geärgert. Stanislaus ließ sich ein Paar Duellpistolen bringen, visierte zwei Fliegen an der Wand und ließ dort, wo sie gewesen waren, zwei Löcher zurück. Dann schrie er seinen Spaßmacher an: „Das waren Fliegen! Wie glaubt Er, halte ich's mit den Läusen?" Man nenne es Einbildung. Aber ich hörte alles selbst durch eine angelehnte Türe aus dem Munde des weichgesichtigen, dumm-brutalen Königs, eines ehemaligen Günstlings der Zarin Katharina.

Sollte ich warten, bis in der „Gazette de la Nobilité" die Sätze standen: „Erst der zweite Kugelwechsel brachte die Entscheidung."

„Das Duell wurde nicht vertagt. Es gab eine Distanz von zehn Sprungschritten."

„Der Sekundant wurde leicht verletzt."

Eines Nachts ließ ich einfach anspannen. Die Hofgesellschaft war betrunken. Belutschkin ließ ich zurück. Ich selbst führte die Pferde. Hastig, ohne Wäsche und Spitzen, nur mit dem Nötigsten versehen, verließen wir Warschau in Richtung Westen. Erst auf der Höhe von Brünn fiel die Angst von uns ab. Jetzt erst fragten wir uns, wohin wir eigentlich wollten. Das Männchenmachen und Scharren am Hofe vor Augen, hatte ich mir vorgenommen, in eine Stadt zu gehen, wo es keinen Hof gab. Eine Zeitlang dachte ich sogar daran, mein Glück mit einer Fabrik zu machen, erkannte aber, dass meine kaufmännischen Fähigkeiten gerade für die Verwaltung unserer Zehrgelder ausreichen.

Lorenza wollte erst nach Westen, dann nach Süden. Sie nannte Frankreich, wohin wir vor vielen Jahren gewollt hatten. Mich zog nichts in dieses Land, das mich mit Spitzeln und Hörtrichtern hatte empfangen wollen. Wir beschlossen, uns in einem kleinen Frankreich, im Elsass, niederzulassen. Ich dachte wie viele, die sich täuschen: im Ausland, in der Provinz, da, wo uns niemand kennt, von neuem anfangen...

Wir durchquerten Wolhynien und das Königreich Ungarn und erreichten Dux in Böhmen, wo wir zwei Wochen lang Station machten. Über Bayern und das Großherzogtum Württemberg gelangten wir ohne Schwierigkeiten nach Straßburg.

25.

Hier würde uns keine Politik in Intrigen verwickeln. Kein Schieben und Schlagen mit Schranzen und Hofheuschrecken wäre nötig. Wir bezogen den Gasthof „Zum Geist" und nach vierzehn Tagen ein festes Quartier an der Ecke zwischen der Place d'Armes und der Rue des Ecrivains. Das Haus mit vier großen Räumen, hohen Fenstern und einer Marienstatue neben dem Eingang gehörte einem Lohgerber. Wir mieteten seine Möbel gleich mit und übernahmen auch seinen Diener, einen Italiener namens Sachi. Fünf Wochen später begannen die Honoratioren ihre Fühler nach uns auszustrecken. Einladungen wurden vorsichtig ausgesprochen, Gegeneinladungen im Rabenhof oder auf dem Faubourg Blanc arrangiert.

Ich verbrachte meine Zeit damit, die Zettel zu ordnen, auf denen ich meine Träume aufgezeichnet hatte. Sie handelten von Krieg, Gemetzel und Schatzsuche, von Schulräumen, obgleich ich in meinem Leben nie eine Schule gesehen hatte. Oft hatte ich im Traum Lorenza verloren. Dann war ich vor Angst erwacht und fand sie doch neben mir. Ein andermal focht ich mit den rothäutigen Bewohnern Amerikas um Schuhe und sollte gehängt werden. Aber unter Glockenläuten und Geheul kündigte sich ein Aufruhr an, der mir die Freiheit brachte. Preußische Soldaten ohne Gesichter hatten mich nachts in ihren blauen Röcken umringt. Sie fesselten mich und ritten auf weißen Ziegenböcken wackelnd davon. Als ich ihnen etwas nachschreie, erhalte ich eine Schusswunde. Doch ein kluger Arzt macht die Pistolen, die sie verursacht haben, heiß, legt sie auf die Wunde und heilt mich so.

Während ich im Jungfrauenhaus meine Träume ordnete, erkundete Lorenza das Pflanzbadviertel. Der Rabenhof erinnere sie an das Gerberviertel in Rom, sagte sie. In Straßburg könne sie leben. Die ersten Besucher ließen sich sehen. Der protestantische Pfarrer Zaegelin machte seine Aufwartung, ein herzlicher, undogmatischer Mann, der uns bald mochte. Doktor Ostertag ließ sich anmelden, Freimaurer wie ich und Vorsitzender der Ärzteschaft, ein Mann, der beim Sprechen die Augen eitel nach oben rollte. Ich spürte, dass er mich als Konkurrenten betrachtete, den er so wenig dulden würde, wie Scieffort im Kurland es getan hatte. Der knotige Le Maître, ein Dragoneroffizier, suchte unsere Nähe. Auch der Theologieprofessor Starck kehrte bei uns ein, der alle Viertelstunde die Befürchtung äußerte, dass in der Stadt der Teufel sein Unwesen treibe. Chevalier de Langlois, Hauptmann der französischen Kavallerie, und seine Freunde schlossen uns in ihr Herz, darunter Marie-Therese Frederoi, die sympathische Vorsitzende der kleinen Frauenloge. Der weitgereiste Fremde wird herumgereicht und weitergelobt. Da es in der Wunderbranche besser ist, sich rar zu machen, ließ ich neue Klienten ins Jungfrauenhaus kommen, anstatt mich wie früher zu meinen Fütterern zu begeben.

In der Provinz ist Heilen leicht. Jeder Anlass aufzuspringen und die Krücken wegzuwerfen, wird vom Gichtbrüchigen aufgenommen, wenn ihm der Magier etwas Zerstreuung anbietet. Ich machte also im Gerberviertel ein paar hysterische Lahme gehend, im Faubourg Blanc ein paar Blinde sehend. Ich verhalf einigen Asthmatikern, die von ihren Müttern eingeschnürt waren, zur freien Durchatmung, indem ich den Müttern eine Aufgabe stellte. Bald gingen wir von einem Jour fixe zu zwei Tagen abendlicher Geselligkeit über. Wenn ich mich auch vorsichtig verhielt und nie mehr sagte, als ich musste, habe ich vielleicht doch die Habgier, die Unwissenheit, die Bosheit und den tierischen Sinn meiner Mitmenschen unterschätzt.

An einem Abend hatten wir ein paar Honoratioren zu Huhn au Riesling, Spätzle und dem süßen Gugelhupf eingeladen. Ich unterhielt mich mit Dr. Ostertag, der mich auf meinen Aufenthalt in Malta ansprach, auf den Althotas und das geheime Wissen, das ich mir dort erworben haben sollte. Ich bin auch nur ein Mensch, hatte an diesem Abend ganz gegen alle Gewohnheit ein wenig getrunken und erwiderte: „Auf Malta? Oh nein, ganz falsch! Während man uns auf dieser traditionsreichen Insel glaubte, waren wir auf einem Bauernhof, Lorenza und ich, und haben Le Coq jeden Tag geholfen, die Eier unter den Hennen herauszuziehen und das Getreide einzubringen!"

„Zeitweilig", fuhr ich fort, „waren wir bei einem Monsieur Arrière in Pension, wo wir betteln lernten. Man brachte uns bei, wie wir gehen und den Kopf halten mussten, um Mitleid zu erregen. Wenn es uns schlecht ging, haben wir von unseren Kenntnissen immer mal wieder Gebrauch gemacht. Wir waren uns auch nicht zu schade, uns mit Handarbeit etwas hinzuzuverdienen."

Es stimmte alles. Aber Ostertag fühlte sich herausgefordert, weil er mir nicht glaubte. „Teufelsdreck", rief er. „Er will mich aufziehen! Ich fordere Ihn!" Er war erkennbar betrunken.

Ich sagte, ich habe nicht die Absicht gehabt zu beleidigen und habe daher auch nicht beleidigt. Das brachte ihn noch mehr in Rage. Jetzt wollte er den Zweikampf sofort.

„Dann schlagen wir uns doch mit den Waffen der Medizin", sagte ich. „Sie schlucken zwei Pillen, die ich Ihnen gebe, und ich werde jedes Gift nehmen, das Sie mir anbieten. Wer stirbt, hat verloren!"Jetzt war er nicht mehr zu halten. Sarrasin und Wellemich hielten den Tobenden fest. Sie halfen ihm in seinen Rock und brachten ihn zu zweit nach Hause.

An diesem Abend erzählte mir Le Maître, Ostertag habe schon seit langem hinter meinem Rücken Kontakt zu polnischen Gastmäurern gesucht. Er habe sogar versucht, meine Vergangenheit auszuforschen und habe meinen Diener Sachi bestochen. Nun habe er seine Fühler nach dem Fürstbischof Rohan ausgestreckt, der mit dem Straßburger Wasser ein venerisches Leiden kuriere.

Eine Woche später berichtete mir Lorenza, auch sie habe von Mitschwestern, aus Türen und Ritzen von Weinkächeln Gerüchte gehört. Wie sie selbst sich in der Loge jedem und jeder hingebe. Wie die als Töchter der Weisheit bezeichneten Logenfrauen alle Kleider hätten ausziehen müssen und wie ihnen dann der Graf Cagliostro erschienen sei. Mutternackt habe er auf einer Weltkugel gestanden und verkündet, der Endzustand aller Weisheit sei das Vergnügen. Dann hätten sich alle Anwesenden miteinander vermischt. Eine abtrünnige Nonne habe sich an einem Balkenkreuz hochziehen lassen, von dort teils bösartig, teils göttlich, mit frecher Zunge die Leute beschimpft. Graf Cagliostro habe mit ein paar Leuten die Nacht auf dem Friedhof verbracht. Einige Frauen hätten sich auf die Grabsteine gelegt.

Mit diesen und schlimmeren Gerüchten, die ich hier nicht wiedergebe, wurde ich bei Fürstbischof Rohan, dem Jüngeren, denunziert und an irgendeinem Freitagmorgen auf sein Schloss bestellt. Ich vermutete, ich hätte mich wegen Unzucht und Hexerei zu rechtfertigen, doch das

Gegenteil war der Fall. Der Bischof, der Neffe des Pariser Kardinals, empfing mich auf einer Ottomane liegend, gelb, glattrasiert und mit einem jugendlichen Spitzbauch. Er hatte ein vergilbtes, aus einem Buch herausgerissenes Blatt im Folioformat vor sich liegen, auf dem ich die Handschrift Ostertags erkannte.

Ich machte einen Kratzfuß und wollte die vermuteten Vorwürfe entkräften. Aber der Bischof wischte meine Worte mit einer flüchtigen Bewegung fort und sagte: „Entzückt, mein Lieber, entzückt! Will Er mir nicht von den Spielen, die man in Seiner Loge getrieben hat, erzählen! Ich bitte recht sehr!" Ich war verblüfft, erkannte aber bald, dass das, was mich nach Ostertags Willen hätte ruinieren sollen, mir einen unverhofften Vorteil verschaffte. Ich erzählte dem Kardinal ein paar pikante Anekdoten, die ich erfand, die ich gelesen oder während meines Aufenthalts an den Höfen gehört hatte.

Der geistliche Herrscher hielt meine Phantasie für Tatkraft und sagte, er werde mich bei Hof empfehlen, da man dort einer Entscheidung entgegensehe, die für das Französische Reich von höchster Bedeutung sei. „Wir brauchen einen Magus", rief er, „der die Zukunft kennt! Und versprechen Sie mir, Liebster, dass wir das Spiel mit der Nonne auf dem Balken einmal gemeinsam spielen! Denken Sie an mich, wenn wieder so etwas ansteht!" Ich versprach es und dankte Ostertag, der die Stände, an die er sich wandte, so wenig gekannt und eher mein Weiterkommen als meinen Untergang befördert hatte.

Damit die Wahrheit aber nicht zu kurz komme, man auch nicht glaube, ich wolle meine Tätigkeit in Straßburg zu sehr herausstellen, setze ich einige Auszüge aus einem

Buch des Gemeindepfarrers Zaegelin hierher, das er kurz nach meiner Abreise herausgab. Es sind die „Sendbriefe von den Wundern, die der Graf Cagliostro in dieser Gegend vollbracht hat". Das Dokument soll für sich sprechen:

ERSTER SENDBRIEF VON DEN WUNDERN, DIE GRAF CAGLIOSTRO IN DIESER GEGEND BEWIRKT HAT.

Zaeglin (Pfarrer) beurkundet, dass Graf Cagliostro den hier ansässigen Roger Wellemich geheilt hat. Um ihn sehen zu lassen, was seine ihn mit kindischen Fesseln quälende Mutter bewirkte, schickte er ihn auf dicksohligen Schuhen über die Duttweiler Steinkohlengruben. Wellemich überquerte den Berg in drei Tagen, sah die Stollenschlünde, die offenen Gruben und den gerösteten Schiefer. Wieder zu Hause, heiratete er eine alte Freundin und zog nach Württemberg.

ZWEITER SENDBRIEF VON DEN WUNDERN, DIE GRAF CAGLIOSTRO IN DIESER GEGEND BEWIRKT HAT.

Zaegelin, Gemeindepfarrer, beurkundet, dass der Graf Cagliostro dem melancholischen Kannengießer Villefranche die Karten schlagen ließ, jedoch nur zum Schein. Die Blätter prophezeiten dem Mann ein langes Leben. Innerhalb weniger Stunden verlor Villefranche seine Melancholie. Kartengläubig, wie er war, war ihm mit der Prophezeiung auch deren Erfüllung zugegangen.

DRITTER SENDBRIEF VON DEN WUNDERN, DIE GRAF CAGLIOSTRO IN DIESER GEGEND BEWIRKT HAT.

Der Sohn des Kuchenbäckers Vogée, der sich als zweiter Flötist des Straßburger Stadtorchesters einen Namen gemacht hat, bekam eine dicke Lippe, konnte nicht mehr im Orchester mitspielen und musste wieder im väterlichen Geschäft Brot backen. Der Graf ließ ihn zu sich kommen und entehrte ihn mit einer Ohrfeige. Der junge Vogée schlug zurück und überschüttete den Grafen mit Vorwürfen, worauf die Schwellung sofort zurückging. Der Geheilte griff zur Flöte und spielt seitdem wieder im Orchester mit, ohne das mindeste verlernt zu haben. Der Leser hat den Beispielen genug entnommen und wird sich hüten, schnellfertig von Wundern zu sprechen. Es war die Natur selbst, die herbeiführte, was Zaegelin die Gesundung nannte.

26.

Der Zettelstapel auf meinem Tisch ist immer größer geworden. Ein halbes Hundert Gänsekiele wurde gespitzt und verschlissen. Doch ich höre schon ein paar Leser rufen: „Balsamo, Du willst zum Schluss kommen, ohne das Geheimnis der Pariser Halsbandaffäre zu lüften? Du willst nicht den Schleier von dem Skandal heben, der wie kein anderer Europa aufrührte, der ehrenwerte Richter wie Nachtvögel aufkreischen ließ und der die Beteiligten die Geschichte ihrer Verstrickungen in den illustrierten Blättern drucken ließ."

Also gut! Man weiß ja von unserem Treffen mit den Herren Roubeaux, Alouette und Saint-Denis, deren Aufträge wir schlecht und recht durchführten und zwischendurch auch immer mal wieder vergaßen. Inzwischen aber schreiben wir das Jahr 1785. Fast überall in Europa regierte der Geburtsadel. Er las morgens die Aufklärer und belustigte sich abends an den Satiren Beaumarchais'. Aber Misswirtschaft und amerikanischer Krieg hatten das Land ausgezehrt. Bauer und Krämer zahlten neunzig vom Hundert Steuern. Und der französische König wollte seinen Adel dazu bringen, dem Staat, der ihn schützte, auch etwas zu geben. Doch der Adel wehrte sich gegen eine Besteuerung, wie jeder Stand nur ungern ein Vorrecht abgibt, das er einmal hat. Er wehrte sich wirksam. Eine Intrige würde den König als Schwächling vorführen. Zu kraftlos, um Herr seiner Gattin zu sein, wird er zu schwach sein, dem Adel Steuern aufzuerlegen. Dass man an dem Ast sägte, auf dem man saß, ahnte keiner der Verschwörer.

Dank einem günstigen Zufall fanden die Drahtzieher des Komplotts einen Bischof, der vom Hof verstoßen worden war und der gern wieder in den Genuss der königlichen Gnade gelangt wäre. Durch gefälschte Billette spiegelten sie ihm vor, die Königin habe ihm verziehen. Sie gedenke sogar, eine zärtliche Nacht mit ihm zu verbringen, wenn er ihr etwas schenke, das für den König zu teuer sei. Ein König geizig? Ein Adelsmann geizig? Unmöglich! Hat der Bischof die Pflicht des Gatten erst einmal an sich gerissen, dann bringt man die Sache an die Öffentlichkeit, und der König ist blamiert. Er wird nie wieder versuchen, den Adel zu besteuern.

Wie ich, der Comte de Cagliostro, Eingang in die Halsbandgeschichte fand? Immer langsam! Noch sind wir in Straßburg, Lorenza und ich. Gerade hat mir Ostertag durch den braven Wellemich eine Forderung auf Pistolen überbringen lassen. Irgendwo auf einer sumpfigen Rheininsel will er versuchen, mich über den Haufen zu schießen.

Lorenza sorgt sich um mich. Mir scheint, nur die Bedrohung halte die Menschen zusammen. Lorenza schläft schlecht und bringt mir Kaffee und weißes Brot ans Bett. Ist alles wie früher? Was wird nach dem Zweikampf sein?

Es sollte kein Nachher geben, denn auch im Franzosenland ist der Wille des Monarchen stärker als alle Duellforderungen der Welt. Eines Morgens, vier Tage vor dem geplanten Waffengang, klopfte ein Lakai im roten Tressenrock, mit Quellaugen und einer Wollperücke an die Tür des Jungfrauenhauses und fragte mich, ob ich Cagliostro sei. Ich bejahe. Da teilt er mir unter wichtigtuerischem Kopfnicken mit, er habe den Auftrag, mich in die Hauptstadt Ihrer Französischen Majestät zu bringen, der ich durch Aufenthalt auf ihrem Gebiet untertänig sei. Mein Können sei durch Fürstbischof Rohan den Jüngeren, bis an den Hof gedrungen. Ich solle nur das Nötigste packen.

Unmittelbar nach unserer Ankunft müsse ich das Geschlecht des Ungeborenen bestimmen, das die Königin unter dem Herzen trage. Ich muss ein wenig starr im Türrahmen gestanden haben. „Da gibt es wenig zu überlegen", löste er meine Starre - sonst tat ich es bei meinen Klienten, „denn Hofes Bitte ist Befehl!" Ich ging in mein Zimmer, sah durchs Fenster die zwei bewaffneten Rotröcke auf dem Tritt der Bourbonenkutsche und wusste, dass zwei andere mit aufgepflanztem Bajonett vor der Haustür standen. Ich fragte mich, ob es mein Schicksal sei, alles Erworbene von neuem zu verlieren. Lorenza hatte im Nebenzimmer mitgehört und war schon dabei, Zettel, Spitzen, Überröcke und ein paar Kleider in die Hutschachteln zu packen.

Um vier Uhr nachmittags waren wir in Paris. Wir sahen die bestgepflasterten Elyseen, den stärksten Verkehr, die hübschesten Läden für Kleidung, Putz und Korsettagen, aber auch die schmutzigsten Mietskasernen, das Elend gleich um die Ecke, Unglück allenthalben und einen verhungerten und angriffslustigen Pöbel. Der Brotpreis war unnatürlich hoch. Die Straßen wimmelten vor Menschen, die nur hungrig waren. Man spürte kein Gefühl, nur ein allgemeines großes Knurren. Der Adel war doch gebildet, dachte ich. Er hatte in seinen Dörfern mit Verfassungen herumexperimentiert. War die Klasse blind und taub für das, was um sie herum geschah? Menschen standen in Schlangen um etwas dunkles, feuchtes Brot. Ich selbst hörte bei einem Spaziergang, wie ein Arbeiter einen dunklen Saft ausspie und seinen König den großen Brotwucherer nannte. Doch vermochte auch ich das Gesehene wie einen Spuk zu verdrängen. Sobald die Kutsche wieder durch die Boulevards rollte, konnte man glauben, es gebe die in den Seitenstraßen nicht mehr. Aber jeder dieser Menschen war ein Einziger und trug ebenso den Funken des Prometheus in sich wie der König. Vermochte die Noblesse nicht, in den Gesichtern der Straße zu lesen, wenn sie einmal durch die zugezogenen Fenster ihrer Kutschen spähte? Maß Sie nicht die Mienen der Bittschriftüberreicher, die dero Allergnädigsten Kanzleischreiber bedrängten? Worseley selbst hatte mir in London die künstlichen Auslässe gezeigt, die sich an den Maschinen öffneten, wenn Gefahr drohte. Wo aber befand sich das Ventil fürs Volk?

In dieses Paris war ich über Nacht geraten. Schon am nächsten Morgen sollte die Geschlechtsbestimmung des Ungeborenen stattfinden. Hat man schon einmal einer

Geschlechtsbestimmung beigewohnt? Ich will von dem Schwindel erzählen. Ist man schon einmal bei einem königlichen Lever dabei gewesen? Ich will auch davon plaudern.

König und Königin erheben sich aus ihren Betten. Drei Coiffeure kommen heran und ziehen eine Toilettengarnitur aus Lapislazuli aus einem Frisiertisch von purem Gold. Drei Kämmerer treten aus der Traube der Schranzen und ziehen der Herrscherin drei Tagesröcke über die Nachtkleider, damit sie die Leibwärme behält. Diese rafft ein Zeremonienmeister mit Polstern und Metallstützen über der Hüfte zu einem Bausch. Andere drängen sich heran und wollen einen Teil der Schleppe oder ein Stück Spitze ordnen. Der oberste Coiffeur nähert sich unter Bücklingen und baut auf dem Dutt der Königin etwas auf. Er wetteifert mit den umstehenden Damen, von denen jede ein Kunstwerk im Haar trägt. Eine posiert mit einem Bauernhof, eine andere mit einem Wald, in dem Lämmer weiden. Hier sieht man eine Windmühle, dort Schäferszenen.

Endlich sitzt die Königin in Kostüm und reichem Kopfschmuck auf ihrem Sessel. Aus dem Hintergrund tritt eine Zofe, um sie zu fächeln, während die Herrscherin den Blick huldvoll über die Zuschauer gleiten lässt. Der König ist fast zur gleichen Zeit fertig und kratzt sich die Wange, wo ihm der Barbier zu viel Duftwasser aufgetragen hat. Plötzlich fällt ihm etwas ein. Er ergreift die Hand des Coiffeurs, der ihm mit zupfenden Bewegungen die Perücke toupiert, und ruft: „Wann fangen wir mit der Geschlechtsbestimmung an?"

„Wenn die Taube so weit ist", schreit eine Schranze.

„Aha", sagt der König.

27.

Mademoiselle La Tour, ein junges Mädchen mit roten Haaren, wird wie eine Geisel herangeschleppt. Sie muss sich auf einen Schemel setzen und in eine Schüssel mit Öl und Wasser blicken. Ich trete vor sie hin und flüstere ihr etwas vom Meer und von den Ziegenböckchen in meiner Heimat. Man glaubt, ich erklärte den Ablauf. Die Zuschauer haben sich in der linken Ecke des Saales versammelt. Die Damen tragen schleifengeschmückte Abendkleider, die Herren Kniehosen, betresste Überröcke, gepuderte Perücken und kleine Zierdegen. Lorenza steht neben einem kleinen Mohrenpagen, der Spirituosen ausschenkt.

Die gelangweilten, schlauen, unaufmerksamen sensationslüsternen Menschengesichter, wenn sie als Masse auftreten. Hier ließen sie ihre blasierte Eitelkeit sehen, wollten sich ein bisschen in der Macht sonnen. Jeder konnte ihr Favorit werden, und jeden Favoriten ließen sie stürzen für ein bisschen neuen Skandal. Ich stelle mich zwischen Ölschüssel und Hocker und zwinge die Blicke der Mademoiselle in die Schüssel, nachdem ich ihren Atem auf den meinen abgestimmt habe: „Beide Füße auf den Boden! Ihre Hände auf die Oberschenkel! Ellbogen an Ihre Seite. Fassen Sie irgendeine ölige Stelle da unten ins Auge! Nun kann das Abschweifen schneller geschehen, und es ist weniger wichtig, an meiner Stimme zu hängen. Indem Sie sehen, Mademoiselle La Tour, was nicht da ist, und da ist, was Sie nicht sehen, beginnen Sie Ihre Augen geschlossen zu halten. Sie wissen, dass es lange dauern kann, bis Sie sie wieder zu öffnen vermögen; so lange, bis Sie gelernt haben, es zu lernen! Blicken Sie nun in Ihre linke Hand, in der die Linien ein 'M' bilden, ganz wie bei dem Worte 'mer'. Blicken Sie nach unten und sagen Sie, was Sie in den Ölschlieren sehen?"

„Das Meer sehe ich. Nebel darüber, eine schöne Landschaf, und meine Schwester Henriette."

„Die Schwester ist unwichtig! Sehen Sie schon unsere schwangere Königin?" „Ja, aber so klein wie die Buddelschiffe in den Flaschen des Maître Versier in Calais."

„Das Bett der Königin?"

„Ja, da liegt sie nun und kniet, ein bisschen komisch..."

„Ein Kreißbett also..."

„Ganz recht, Monsieur, ein Kreißbett!"

Lautes, erstauntes Gemurmel aus der Zuschauerecke.

„Was zieht man denn heraus aus dem Leib der Allergnädigsten? Was kennen wir für Tiere?" „Geißböcke."

„Sie haben es gehört, meine Damen und Herren! Ein Böckchen also, ein Männchen! Tauben lügen nicht!"

Applaus belohnte meine Worte. Ich ließ die rothaarige Demoiselle ins Nebenzimmer führen, wo sie die Wirklichkeit, an der sie teilgehabt hatte, langsam gegen die unsere eintauschen konnte. Mir unbegreiflich, wie ein bloßer Blick ..., dachte der König. Am Ende ein Magnet im Hosensack. Nachher durchsuchen lassen. Oder sein Hürchen. Sieht ihnen scharf ins Gesicht, hebt die Stimme minimal. Wie ich, wenn ich bei Audienzen schüchtern will. „Majestät, Ihr Betragen befremdet mich!" Würd' sich keiner trauen. Dann ergriff er das Wort: „Bravo! Ich wusste, ahnte, fürchtete und hoffte zugleich. Ich schmeichele mir, auch ein wenig erahnt zu haben. Ohne Ihm nahetreten zu wollen, es ist eingetreten!" Er winkte mich heran, reichte mir die Hand zum Kuss und fragte mich, was er mir schenken dürfe.

Ich hatte ja gehört, was er gedacht hatte, und erwiderte, dass ich mich geschmeichelt fühlte, wenn das Experiment mir seine Gnade eine Zeitlang erhalte. Er lächelte, denn er hatte nichts anderers erwartet. Ich zog mich wieder in die letzte Reihe zurück, wie es dem fremden Okkultisten zukam, und betrachtete die Königin.

Plötzlich hatte ich sie nicht nur im Auge, sondern auch im Ohr. Auf irgendeine Weise war ich in Kontakt mit Marie-Antoinette geraten, eine Verbindung, die erst abriss, als ich mich in den Seitenflügel verirrte. Die Königin meditierte über das Halsband, das die Hofjuweliere Böhmer und Bassenge ihr begehrenswert gemacht hatten.

Nicht so'n dünner Goldriemen mit zwei Klunkern dran, dachte die Königin. Der dicke Böhmer muss mehr aus dem Handel gezogen haben als Diamanten für zwei Millionen. Sein sächsisches Französisch, igitt! Zwei Millionen Livres, dafür lässt sich schon was herstellen. Schade, dass wir's uns grad' jetzt nicht leisten können, wo der amerikanische Krieg uns umtobt. Zwei Mille, macht umgerechnet achtzigtausend Pfund Sterlingsilber. Diamanten, groß wie Haselnüsse! Ein dreifaches Feston und die birnenförmigen Klunkern noch mal gruppenweis' zusammengefasst. Der größte Pfiff, dass alles übern Rücken läuft. „Ein Nordlicht auf Brust und Nacken", hat Böhmer gesagt, „diamant'ner Busen, diamant'ner Rücken, diamant'ne Königin!" Wenn die Geldmeier einem nur nicht alles verböten. Nicht mehr Herrin im eigenen Haus. Aber Kredit bei einem so furchtbaren Loch im Staatshaushalt?

Was will man uns denn noch alles streichen? Das Einfachste vom Einfachen: Wolfshunde für die Rotwildjagd, gestrichen! Bärenhunde für die Hatz, gestrichen! Falken nebst den hübschen Falknersburschen, gestrichen! Sparsamkeit ist der Krämergeist der Bourgeois. Soll ich denn ins Morgenland flüchten? Lauter Verschnittene rund um den Harem, aber 'n tollen Sopran sollen sie haben. Farinelli drei Kinder gemacht. Oh, Louis! Wollen hoffen, dass wenigstens die Börse gutgelaunt bleibt. Wenn nicht, einfach ein paar Pfeffersäcke entlassen, dann steigen die Aktien wie von selbst. Rutscht die Börse in den Keller, kommt die Hydra: rechtliche Gleichstellung. Nur über meine Leiche. Übel geträumt: Frau mit Sündenpudding stand auf dem Gipfel einer Ständepyramide. Jeder Stand reichte den sündengefüllten Napf an den nächstniedrigeren, bis die Schüssel mit der gallengrünen Suppe beim untersten landete. Dort nahm man's entgegen, die Leute drängten heran und bestrichen ihre Hände mit der grünen Paste. Wortlos verrieben sie's bis zu den Ellbogen. Den neuen Magus mal ranwinken, der muss deuten!

Der Gedankenmonolog Antoinettes wird von Böhmer, dem sächsischen Hofjuwelier, unterbrochen, der in einer gepuderten Perücke an den Thron getreten ist. Hut, Stock und Handschuhe untem Arm, greift er kratzbuckelnd in ein Ledertäschchen und zieht einen ungeschliffenen Diamanten heraus, den er der Herrscherin zur Besichtigung in die Hand drückt.

Offenbar übers Modellstadium weit hinaus, denkt die Königin, ruhen also nicht mehr zwischen den karibischen Felsen, wie vielfach behauptet. Wie viele arme Familien könnte man damit speisen? Nur keine Schuldgefühle! Die

Blamage vor der Welt, wenn uns ein anderes gekröntes Haupt zuvorkommt. Aber brauchen wir nicht Kriegsschiffe nötiger als Halsbänder? Schlimmstenfalls Vorfinanzierung durch den König von Sizilien. Verspricht sich hoffentlich nichts davon. Moral einer Französin höher als die eines Sizilianers. Die Dubarry hätt's anders gemacht, das Schmuckzeugs genommen und in die Bastille mit den Herstellern! Wem entzieht man's denn? Ich weiß nicht, ob wir jemals wieder...?

28.

Die parasitären Gedanken der Herrscherin wiederholen sich. Ich sehe mich ein wenig um und schleiche in die angrenzenden Räume. Barmittel, lautet der letzte Gedanke der Königin, den ich in das Nebengemach mitnehme, wo ein stiller Gang in einen Seitenflügel des Schlosses geht. Von den Wänden starren mich die in Öl gemalten königlichen Vorfahren mit brennenden Augen an.

In einem Vorzimmer, das im Schachbrettmuster getäfelt ist, höre ich Geräusche aus dem angrenzenden Raum. Auf einem aufgeklappten Flügel liegen Mozartnoten. Ich bemerke, dass die Tür zum Nebenraum nur angelehnt ist, höre Rascheln und eine Männerstimme: „... der der Seinigen nicht ein Schmückchen zu verehren möchte im Wert von zweihunderttausend..

Eine Frauenstimme antwortet: „Nehmt's mal zehn!"

Der Mann stöhnt: „Zwei Millionen Livres? Pulvermühle und Spielkartenfabrik wären dann weg", der Sprecher schnappte nach Luft, „denn darauf werden alle Wechsel gezogen!"

Hierauf nennt ihn die Frau ihren teuren Abbé. Ich nähere mich der halboffenen Tür und sehe in der linken Ecke des Raumes die Frau, die gerade die Pulvermühle erarbeitet. Mit weißgeschminktem Gesicht, verkniffenem Mund, gerupften und kohlschwarz nachgezogenen Brauen liegt sie bäuchlings auf einer Chaiselongue unter einem würdigen Herrn. Der hat seine Bischofstracht aufgeknöpft, während die Dame sich auf die Ellbogen stützt und ihn, die Hände unterm Kinn gefaltet, gewähren lässt.

Es ist der Fürstbischof Rohan, der in solch günstiger Position seine Pflicht tut. Er wendet mir sein Antlitz zu, das Gesicht eines fünfzigjährigen Lebemannes mit einem großen, linksseitigen Kropf und einem kleinen, genusssüchtigen Mund. Über seinen verschleierten Augen sind die Brauen hoch gewölbt, was ihm einen Ausdruck des Erstaunens verleiht. „Nur hereinspaziert", sagt er, ohne zu wissen, wen er zum Nähertreten einlädt. Ich blicke aufs Parkett, als sei ich verlegen, mache meinen Kratzfuß und stelle mich als Comte de Cagliostro vor, der gerade das Geschlecht des Ungeborenen vorhergesagt hat, das die Allergnädigste im Leibe trägt. Erst jetzt bemerke ich, dass die Wände des Kabinetts mit Tierbildern bemalt sind. Makis und Brüllaffen starren aus hochgewölbten Augenhöhlen. Ein Krallenäffchen mit weißen Ohrbüscheln, die wie Gedankenfäden wirkten, klammert sich an einen Ast. Ein Äffchen, so klein wie ein Embryo, mit starrem, listigem Blick laust seinen Genossen. Pinselaffen mit starkem Haarkleid und dicker Mähne entblößen beim Gebrauch des Greifschwanzes purpurrote Hinterbacken.

„Noch näher", sagt der Abbé, „hier hat jeder seine Mätresse!"

„Oder seinen Maître", sagt die Dame und wendet mir ihr freches, weißgeschminktes Gesicht zu.

„Maître oder Mätresse, gleichviel! Man ist gelöst, scherzt und tändelt, spielt ein wenig! Kurz und gut, lasst uns hier Menschen sein!"

Die gepuderte Dame macht einen Katzenbuckel und wirft ihren geistlichen Reiter ab. Dabei mustert sie mich, versucht mich abzuschätzen und mir die Contenance einer Adeligen vorzuspielen. Nie aber hätte eine Adelige einen so kalten, zynischen und hurenhaften Augenausdruck so deutlich an sich sehenlassen. Sie hätte gelacht, gezwinkert, ihr Gesicht entspannt, um es zu einer Maske zu machen. Dies war meine erste Begegnung mit der Putzmacherin Jeanne de Saint-Remi, die sich Gräfin de la Motte-Valois nannte und sich in das Vertrauen des Erzbischofs Rohan eingeschlichen hatte. Selbst wenn ich die Gedankenverbindung mit ihr nicht hergestellt hätte, würde ich keine Sekunde gezaudert haben, sie als Kriminelle, die sie war, zu erkennen.

Aber die Verbindung kam zustande, und während wir unsere Plauderei begannen, konnte ich aus dem Kopf des Paares die Einzelheiten des Halsbandplanes erlauschen, wie ich sie zwar für denkbar, nicht aber für durchführbar gehalten hatte. Die ersten Gedanken quollen aus dem Kopf des schleieräugigen Bischofs zu mir hin. Wie er sich als Botschafter der Franzosen in Wien für keinen Fehltritt zu schlecht gewesen war und dadurch die Gnade der Kaiserin Maria-Theresia und die ihrer Tochter, der Antoinette, verspielt hatte. Nach seiner Rückkehr nach Paris war diese

Tochter Königin von Frankreich geworden und hatte ihn auf Geheiß ihrer Mutter vom französischen Hof verstoßen. Tage und Nächte hatte er damit zugebracht, Billetts an den Hof zu lancieren, um die königliche Gnade zurückzubekommen. Er hatte Soupers gegeben und vielen beigewohnt. Er hatte Pförtner in Paris und Versailles bestochen und alles umsonst. Er hatte von der Gier der Königin auf das teuerste Halsband der Welt vernommen und seine Chance gewittert. Seit einem Jahr erhielt er Botschaften von Antoinettes Hand (es waren die mittelmäßigen Fälschungen Villettes) und bewahrte sie an seinem Herzen auf. Durch Kauf und Schenkung des Halsbandes hoffte er auf Allerhöchste Verzeihung, am Ende gar auf die Gnade einer gewährten Liebesnacht.

Wie war es möglich gewesen, die Wirklichkeit des geistlichen Mannes so zu verbiegen, dass oben zu unten, rechts zu links, wahr zu falsch und Leichtsinn zu Gefahr wurde? Man findet meine Frage geheuchelt? Ich möge bedenken, wie ich selbst vor Jahr und Tag dem Principe Orlando zu eigenem Nutzen auf den Leim gegangen. Ich glaube, irgendeine Instanz in mir wusste, was die Rettung war. Der Bischof aber war töricht und verblendet. Und es war auch nicht Orlando, der ihn gebannt hatte, sondern nur eine kleine, schlaue, kriminelle Putzmacherin.

Gab es nicht in Frankreich und Europa hübsche und hässliche, der Königin ähnliche und unähnliche Frauen, die ein Mitglied der Ersten Stände durch Geld und Prestige leicht zur Liebe bringen konnte? Gab es nicht Königinnen, die für weniger als zwei Millionen den Kitzel eines Fehltritts mit einem Bischof gewagt hätten? Warum musste es gerade die Autrichienne sein?

Doch ich verstand ihn auch. Hatten sich nicht Menschen für weniger fixe Ideen verzehrt? Hatte ich nicht an den Höfen, die ich bereist hatte, Menschen gesehen, die um ein Ballettfräulein Veitstänze aufgeführt und diese sogleich wieder gelassen, wenn sie das Fräulein genossen hatten. Das nächste Fräulein, der nächste Veitstanz. Aber gesetzt den Fall, die Königin gewährte dem Tropf tatsächlich die Nacht, wie sollte eine solch gefährliche Liebschaft weitergehen? Dabei wusste der Galan mit den verschleierten Augen nicht, was im Gefolge der Affäre auf ihn wartete. Er hätte sich daran erinnern sollen, dass das Ich in die Systeme gebettet ist und dass alles, was es vollbringt, auch auf diese zurückwirkt.

Mir selbst schwirrte der Gedanke an die ungeheure Verdienstmöglichkeit durchs Haupt. Ich würde mich gemeinsam mit Lorenza (verblendeter Cagliostro) „irgendwo, wo uns keiner kennt," niederlassen und das Dasein des Getriebenen aufgeben, wenn ich eine Beteiligung erwirkte.

29.

Zwei Tage später ließ ich meine Karte bei der la Motte abgeben. Sie leugnete zunächst, mich zu kennen, stand mir gegenüber und reichte mir die Hand zum Kuss: „Le Comte de Cagliostro? Ich wüsste nicht, wo ich Dero Bekanntschaft gemacht hätte!" Ich sagte dem Wieselgesicht alles, was ich in seiner und des Bischofs Gedankenwelt erlauscht hatte. Sie erbleichte wie alle Feiglinge, die die Allmacht der Gedanken nicht kannten. Sie drohte sogar, mich vor die Tür zu setzen. Als ich ihr aber ihre eigenen

Gedanken und die Monologe der Königin ins Gesicht sagte, fiel sie mir mit Krokodilstränen zu Füßen. Sie bat mich, ihr Helfer und Berater, ihr Vater und Teilhaber zu sein.

Ich tat, als lasse ich mich bitten. Als ich wieder in ihre Gedankenwelt eintauchte, sagte ich zu. Sie hatte sich klargemacht, dass der Gewinn auch bei Hineinnahme eines Vierten zu groß war, um alles hinzuwerfen. Dass wir alle, sie, ich, Villette und die anderen, Marionetten in den Händen adeliger Verschwörer waren, wusste damals keiner von uns. Keiner der Drahtzieher ist jemals öffentlich aufgetreten. Keiner ist mir je begegnet, so dass ich in seine Welt hätte eintreten können.

Von dieser Stunde an übernahm ich selbst die Führungsrolle in dem Komplott. Ich fälschte die Botschaften der Marie-Antoinette, und zwar so gut, dass weder die Experten der königlichen Gerichte noch später die Inquisition sie von Originalen zu unterscheiden vermochten. Der Tropf Rohan wurde von den Briefen mehr und mehr gefangen. „Hier", flüsterte er mir einmal zu, „welche Leidenschaft im Aufstrich, das muss Liebe sein!"

Endlich lag das Geschmeide bereit. In der Nacht der Übergabe, es war der 22. August 1785, wurde Rohan in einen leeren Flügel des Schlosses Trianon bestellt. Ich sagte ihm, er werde sicher seinen Mann stehen. Dann wurde er in einer Kutsche auf den Weg gebracht. Der Leibdiener der Königin, Monsieur Lesclaux, erwartete ihn, um den Schmuck in Empfang zu nehmen. Lesclaux war ich, klein genug, geschminkt und verkleidet. Der Rest war Sache derjenigen, die die Königin spielte. Wer es war? Natürlich Lorenza, die ich in dieser Nacht zum letzten Mal verleihen musste.

Was wirklich im Schloss Trianon vorgefallen ist, habe ich bis heute nicht erfahren. Ich erinnere mich nur, dass ich nach der Annahme des Schmuckes mit einer Lohnkutsche zur la Motte fuhr, die Hoflivree auszog, meinen Zierdegen mehrmals in ein Roßhaarsofa stieß und die bronzierten Beine eines Tisches an die Marmorplatte des Kamins schlug. Die weiß Gepuderte schien mich zu verstehen, denn sie machte mir Milch warm, die sich bei Villette bewährt habe. Lorenza hat mir nie gestanden, was in dieser Nacht im Trianon vorgefallen ist. Ein einziges Mal deutete sie an, sie habe nichts unversucht gelassen, „um den Kerl ruhigzustellen." Erst ein Jahr später hatten wir Gelegenheit, uns über den Coup auszutauschen. Denn schon am nächsten Tag saßen alle Beteiligten in der Bastille, wie es die Drahtzieher der Intrige von Anfang an gewollt hatten. Louis' Polizeichef, vielleicht gar an dem Komplott beteiligt, gab sich die Ehre der Hausdurchsuchung. Er selbst nahm die Verhaftungen vor, stülpte die Bettwäsche nach außen. Man fand weder Beweismittel noch Schmuck. Villette war ja auch schon längst in England, wo das Halsband ebenso kunstfertig zerlegt wurde, wie es entstanden war und in der New Bond Street vom Königlichen Juwelier Jeffrey & Grey verhökert wurde. Nun galt es nur noch, die Haft zu überstehen und Lorenza wissen zu lassen, dass ich lebte.

Das Jahr in der Bastille kam mir so lang nicht vor. Der Mensch sucht erst dem Unheil zu entgehen und denkt dann an die Zeit. Ich lebte in einer Steinklause (nicht so schlimm wie später das Apenningefängnis der Inquisition), wurde mit Brot und Wasser gefüttert. Ich fiel vom Fleisch, wog nur noch die Hälfte von dem, was ich in

Rom einmal besessen hatte. Ein Wachoffizier wurde mir als „Gesellschafter" beigegeben. Er sollte mich wie ein Zellenspitzel nach dem Verbleib des Schmucks aushorchen. Ich verkürzte ihm die Zeit, indem ich ihm erzählte, was ich jede Nacht aufs neue träumte. Ich bin mit Rodolfo aufs Schloss eingeladen. Jemand hat mir meine blauen Schnallenschuhe gestohlen. Ich will sie zurückhaben. Ich lege Rodolfo bittend die Hand auf die Schulter. Auch mein Hinweis auf die großen Ameisen am Boden, die mich zum schnellen Hüpfen veranlassen, lässt ihn nichts sagen. Für das Schloss ist es jetzt zu spät, denke ich. Es liegt ohnehin ganz oben auf dem Berg... Wie ich aus meinem steineren Grab herauskam? So wie ein jeder Schuldige oder Unschuldige aus dem Verlies gelangte: durch Bestechung von kleinen Angestellten, mächtigen Richtern und hohen Staatsanwälten.

La Motte, Villette und alle anderen, die mit uns verhaftet wurden, waren weder schuldiger noch unschuldiger als Lorenza und ich. Aber ich fand einen Hebelpunkt, konnte eine Bestechung der anderen folgen lassen. Den Anfang machte ich mit meinem Zellenspitzel, der der Bote meines Willens wurde.

Louis hätte am liebsten alle Beteiligten töten oder in die Bastille versenken lassen. Aber zum ersten Mal spürte ein König den Wind der öffentlichen Meinung gegen sich anwehen. Den Wind, der dem Sturm vorausging, hatten wir gesät. So lautete unser Urteilsspruch nur auf vollständige Verbannung aus dem Gebiet Ihrer Französischen Majestät. Wie gern kamen wir dem Spruch nach! Wie gern rafften wir (wieder einmal) unsere Siebensachen zusammen. Wieder einmal setzten wir von Calais nach England über. Nun konnten wir unseren Anteil kassieren. Geschah nichts Unvorhergesehenes, so brauchten wir nie mehr im Leben zu arbeiten.

Mit der Britischen Insel hatten wir unsere Erfahrungen gemacht. Wir verließen sie nach einem Jahr, gingen in die Schweizer Republik, wo wir eine Zeit in Neuchâtel verbrachten. Menschen, die von unserem Ruf angezogen wurden, umschwärmten uns. Zwei Jahre verbrachten wir zwischen der Schweiz und den oberitalienischen Fürstentümern.

30.

Vom Erlös aus der Halsbandgeschichte hätten wir bis zum Lebensende in Luxus leben können. Doch Lorenza jammerte, nichts halte sie mehr in Neuchâtel, sie wolle nach Hause. Sie sprach von „ihrem Papi und ihrer Mami" wie ein Papagei. Ich hatte geglaubt, ihr einen Gefallen zu tun, aber sie nörgelte weiter. Über Aix-les-Bains, Villafranca, wo ich einige Gebrechliche heilte, kamen wir nach Rovereto. Hier gesellte sich ein Kapuzinermönch namens François Joseph zu uns, der zum persönlichen Beichtvater Lorenzas avancierte und sich in ihr Vertrauen einschlich. Nach zwei Wochen nannte sie ihn nur noch ihren Herrn. Ich verrate nicht zu viel, wenn ich erzähle, dass dieser François Joseph ein bezahlter Spitzel der Inquisition war. Er sollte in unserer Nähe bleiben und unsere Handlungen nach dem Willen des Rates der Zehn steuern. Er war es, der mir riet, ich solle bei diesem Rat um freies

Geleit bitten und fragen, ob in Rom von Amts wegen etwas gegen mich vorliege.

Ich richtete ein kurzgefasstes Schreiben an den Vatikan. Der Pfarrer der Magdalenenkirche, Jean Baptista Tizzi, versiegelte das Gesuch in meinem Beisein und gab es mit einem Kurier auf den Weg. Nach zehn Tagen kam die Antwort, die ich hier wörtlich zitiere: „Illustrissimo e pregatissimo Signore, der Herr Cagliostro bedarf, da in den päpstlichen Staaten nichts gegen ihn anhängig ist, keineswegs des sicheren Geleits, um das er durch ehrbare Vermittlung nachsucht. Ich habe die Ehre etc. pp. Boncompagni, Staatssekretär, gegeben zu Rom, den 4. April 1789."

Der Brief beseitigte meinen Ekel nicht. Ich überwand ihn gewaltsam, als nach einer weiteren Woche ein Brief des alten Feliciani eintraf, in dem er uns durch Schreiberhand mitteilte, dass Lorenzas Mutter vor drei Wochen verstorben sei. Er bat uns inständig, den Sommer 1789 seine Gäste zu sein und ausgiebig die Familie zu pflegen. Eine Falle nennt es der Jesuit Agostino. Aber der Hellsichtige tappt wissend hinein. Er weiß, dass das Leben Höheres bereithält als Fallen.

Rom leuchtete nicht, als wir Mitte Mai 1789 dort eintrafen. Am späten Nachmittag passierten wir, ohne dass man uns anhielt, das Tor und rollten ins Gerberviertel, das mir, wie durch ein umgekehrtes Fernglas betrachtet, klein vorkam. Lorenzas Mutter war tatsächlich gestorben. Feliciani empfing uns am Tisch sitzend, aufgedunsen, mit einem falschen Blick, obwohl er dem meinen eine Zeitlang standhielt. Das war nicht mehr der Mann, von dem ich so viel gelernt hatte. In die vordere Front seines Haarfilzes, der niemals im Leben ein Messer gesehen hatte, war ein Rahmen für sein Gesicht geschnitten. In den fünfzehn Jahren, die wir fort gewesen waren, hatte er nicht einmal die Felle vor dem Eingang gewechselt.

Drei Wochen lebten wir wortlos in der Gerberhütte, ohne dass wir den Sinn unseres Aufenthaltes begriffen hätten. Feliciani tat, als gerbe er Häute und schneide Gürtel zu und schien doch nur auf etwas zu warten. Dabei ging er mir aus dem Weg, knurrte aber wie ein Hund, wenn er an mir vorbeischlich. Ich strich tagsüber durch die Ewige Stadt und suchte die Orte, an denen ich mich Vorjahren aufgehalten hatte.

Ich fand das Mäurerhaus, aber die Tür war mit Balken verrammelt und mit dem Siegel der Staatsinquisition verschlossen. In einem anderen Land wäre ich aufgewacht. Aber in der sogenannten Heimat ist man sorgloser. Die alten Verhältnisse dringen mit Macht auf einen ein und fesseln die Vernunft stärker als in der Fremde.

Im Frühsommer 1789 brach in Frankreich etwas hervor, das jeder, der Augen und Ohren offenhielt, hätte voraussehen müssen. Doch was rede ich? Ich lebe ja davon, dass Menschen nicht sahen, was sie nicht sehen wollten. Am fünften Mai traten die Stände zusammen, da der König das Loch im Staatshaushalt (ich hatte es schon in den Gedanken Marie-Antoinettes gelesen) nicht zu stopfen vermochte. Den vierten August schaffte man die Vorrechte der Kirche ab, zündete ihre Klöster und Güter an und ertränkte einige Geistliche in der Seine. In der Ewigen Stadt erschreckte dieser Sturm die geistlichen Bastionen und ihre weltlichen Platzhalter. Es lief das Gerücht um, der Sturz des Königs sei die Folge der Halsbandaffäre, als deren Haupt Graf Cagliostro galt.

Im Oktober wurde das Klima mild und trieb mich aus dem Haus, meistens allein, da Lorenza sich täglich mit ihrem Beichtvater besprach. Rom schien nur aus päpstlichen Kirchen, Glockentürmen und Kuppeldächern zu bestehen. Das Wetter wurde brutto. Ein warmer, regenbefrachteter Scirocco kam auf. Feliciani war plötzlich verschwunden, Lorenza ganze Nächte fort. Ich hauste allein in der Hütte des Färbers, der mich einmal so gemocht hatte. Ein einziges Mal kam Lorenza in die Kate, in der vor vielen Jahren unsere Liebe begonnen hatte. Auf meine Frage, ob sie bei ihrem Beichtvater gewesen sei, antwortete sie, sie habe die Oper besucht.

Es wurde November. Statt dass es kälter wurde, nahm die Wärme zu. Da Felicianis Hütte von Efeubäumen umstanden war, hätte man glauben können, ein falscher Sommer sei eingefallen. Täglich veröffentlichten die Gazetten die Schrecken, die die Canaille in Frankreich der Adelsklasse antat. Weihnachten verbrachte ich in der Hütte. Noch immer kam keine Kälte. Immer öfter blieb ich bei meinen Streifzügen durch die Stadt vor dem Medusenhaupt im Palast Rondaniani stehen und betrachtete das merkwürdige Weibergesicht, das sich in meiner Einbildung in das Lorenzas verwandelte.

Gegen Mittag des 27. Dezember 1789 kam der Pater François Joseph in die Gerberhütte. Er hatte die Beine übereinandergeschlagen, wie ein Stutzer, so dass man unter der Soutane die Kniehosen, Seidenstrümpfe und hochhackigen Schuhe sah.

„Er wird wissen, wer ich bin und was ich Seiner Frau wert bin!" sagte er.

„Ja", sagte ich.

„So wird Er auch wissen, dass es noch Unstimmigkeiten gibt zwischen Ihm und dem Stuhl." Damit zog er ein Pergament aus einer Kleiderfalte und reichte es mir.

Ich las, dass Ihre Heiligkeit mir verziehen habe und dass der Streit zwischen dem Stuhl und den Mäurern angesichts der Ereignisse in Frankreich als beendet gelte. „Und?" fragte ich. Erzog ein zweites Pergament hervor und las vor, dass am Abend in der Kirche Trinità dei Monti eine Versammlung aller römischer Logen stattfinde. Graf Cagliostro sei der Hauptredner und solle seine Ideen öffentlich verkünden. Pünktlich um neun Uhr stand ich auf dem aus grobem Holz gezimmerten Podium. Wäre ich wacher gewesen, ich hätte die Herren in Lederpelerinen bemerkt, die im ganzen Chorgewölbe verteilt waren.

31.

Ich begann mit meiner Rede. Von den Anfängen des Logenwesens in Ägypten sprach ich, von den Symbolen Winkelmaß und Zirkel, von den ersten Brüdern, die vor fast hundert Jahren zusammengekommen waren, um die Ideen von Freiheit und Menschlichkeit zu verbreiten. Ich sprach von den Verfolgungen der frei Denkenden, vom Schutz, den die Logen dagegen geboten hatten.

Woanders hätte ich gemerkt, dass fünf oder sechs der Männer in Lederpelerinen so dicht an mein Rednerpult gerückt waren, dass sie einen Kordon um das Podium bildeten. Selbst Secundus schlief. Ich sprach von der Abneigung der Menschen gegen die Dogmen, vom Wunsch nach Ordnungsmustern, die der Wirklichkeit entsprachen.

Was war falsch, was war richtig? War das System des Ptolemäus nicht nachweislich falsch gewesen, und hatte man nicht doch Voraussagen danach treffen können? Wie oft musste man etwas nachprüfen, bis man die letzte Sicherheit hatte, dass es richtig war? Hatte sich Theophrast nicht manchmal fünfmal verrechnet? Stellte uns nicht die Sprache Fallen mit Sätzen, die logisch klangen, die aber Unsinn waren? Alle Tannen waren im Winter grün. Aber war jede Rose auch im Dunklen rot? War dieser Satz nicht ebenso sinnlos wie viele andere? Wie konnte man ihn jemals nachprüfen? Konnte ein Kasten eine Schlange enthalten, die sich immer dann unsichtbar machte, wenn man sie direkt oder indirekt sichtbar machen wollte? Wie viel Uhr war es gerade auf der Sonne?

Zwei Herren in Lederpelerinen lösten sich aus dem Kordon, kamen nach oben, legten mir die Hand an die Schulter und forderten mich zum Mitkommen auf, indem sie zwei geladene Terzerole auf mich richteten. Eine Kutsche mit verhängten Fenstern brachte mich in die Engelsburg, das Staatsgefängnis, das wie der größte Eckturm einer Festung mit vielen Schießscharten aussieht. Secundus hatte vielleicht schon darauf gewartet, denn ich nahm ein Gefühl der Erleichterung in mir wahr. Nicht ohne Genugtuung ließ ich die Durchsuchungen (ich wähle bewusst den Plural) über mich ergehen, unterschrieb die Quittung über das, was man mir abgenommen hatte (ein Medaillon, eine Geldbörse, zwei Wechsel, ein Schnupftabakdose, Kleider und Unterkleider, einen Stockdegen). Die Filzdecke für die Zelle. Durch die Korridore. Die Ketten, die mit den Händen aufzunehmen waren, damit sie nicht lärmten. Die tuschelnden Bewacher, die mit sklavischer Hochachtung von denen sprachen, die in den Kellerkammern die Verhöre führten. Der Öffentlichkeit gab man per Anschlag bekannt, dass man endlich den Urheber der Französischen Revolution gefasst habe. Damit sei auch die Krisis in Frankreich beendet. Jetzt könnten Adel und Geistlichkeit zum Tagesgeschäft übergehen. Das hieß: Keine Zugeständnisse an den Pöbel! Härtere Strafen! Die Steuern nach oben!

Nach einem halben Jahr Einzelhaft wurde ich einem Vollstreckungsgeistlichen der Inquisition überstellt. Er teilte mir mit, der Gürtler Feliciani und seine Tochter Lorenza hätten sich nun auch öffentlich von mir abgewandt, mich verflucht und für satanshörig erklärt. Ich solle die Namen aller Mäurerführer nennen. Nach ihm komme ein anderer, der werde anders mit mir umspringen. Ich glaubte ihnen nicht. Da führte man mir Lorenza vor. Sie war an Leib und Seele gebrochen worden und erkannte mich nicht. Im Ton eines Wechselgesanges leierte sie etwas herunter, das man ihr eingebläut hatte. Dann wurde sie von einer Nonne hinausgeführt.

32.

Mein Verhörer Agostino war offenbar meiner Wichtigkeit wegen direkt aus dem Rat der Zehn überstellt worden. Er war einer jener nie erwachsen gewordenen, rotbackig fanatischen Bauernsöhne, die ich als Fünfzehnjähriger im Kloster kennengelernt hatte. Apathische Abkömmlinge von Analphabeten und früh um die Welt betrogen, hatten sie sich über das geistliche Wesen emporgedient und revanchierten sich mit der Abgabe ihrer Ehre.

Wie ich behandelt wurde? Oh, korrekt, korrekt verfuhr man mit mir in der Engelsburg. Geschieht doch zu keiner Zeit staatliches Unrecht, ohne dass man sich nicht vorher die Gesetze dafür zurechtzimmerte. Die Folter war ja ausdrücklich vorgesehen, da nach dem Gesetz niemand ohne öffentliches Geständnis verurteilt werden konnte. Der oberste Inquisitor aus dem Rat der Zehn befragte gar alle zwei Wochen die Gefangenen über das Verhalten der Wärter. So kontrollierten die Kontrollierten ihre Kontrolleure für die Kontrolleure. Dies galt allerdings nicht für mich, da ich zum Staatsfeind Nummer eins erklärt worden war. Der Vatikan streute das Gerücht aus, zehn Freimaurerkorps stünden, hinter Karnevalsmasken verborgen, in Modena bereit, um den Grafen Cagliostro zu befreien und die Engelsburg in Brand zu setzen. Nun hatte man einen Grund, den Karneval 1790 zu verbieten.

Zu sprechen begann ich, als meine Schmerzen unerträglich wurden. Ich hätte nie geglaubt, dass es das gibt. Nun aber erinnerte ich mich der Leiden der Märtyrer, die ich als Fünfzehnjähriger im Kloster hatte vorlesen müssen. Es schien mir, als sei der Eindruck damals so zerstörerisch gewesen, dass alles Trachten des Secundus dahingegangen war, diese Qualen selbst zu erleiden.

Man machte mir den schmeichlerischen Vorwurf, der Urheber der Großen Revolution zu sein: „Die Canaille herrscht. Der König isst Brotrinden. Das ist die Revolution der Glieder, die sich gegen das Haupt empören. Wie sollen wir das je wieder herauskriegen, wenn es sich einmal in den Köpfen des Drittstandes eingenistet hat?"

„Nicht nötig, Herr Agostino", sagte ich, „die Leute haben immer gemacht, was man ihnen gesagt hat. Ihr braucht sie nicht einmal umzuerziehen. Ihr müsst ihnen nur sagen, was sie nun zu tun haben. Keine Gehirnwäsche, kein Glaubenswechsel, einfach nur sagen, was zu tun ist..."

„Ihr verhöhnt mich und die Macht, die hinter mir steht", knirschte der Scherge, „wenn Er so überlegen ist, so befreie Er sich doch selbst!"

Ich machte ihm ein Kompliment für seine geistreiche Bemerkung. Darauf verdoppelte er seinen Vorwurf: „Sie versenken die Priester in der Rhône. Nach vollbrachter Tat geht das Gesindel in die Gasthäuser und betrinkt sich mit starken Schnäpsen. Die Ständeordnung will man herumdrehen! Der Bürger will adlig werden. Der geistliche Stand verarmt. Und ihr Mäurer, ihr seid der Brandherd!" „Was das angeht" sagte ich, „stimmt, ich habe als Freimaurer angefangen. Aber wir haben die Geheimgesellschaften schnell aus den Augen verloren, Lorenza und ich. Dann sind wir von Hof zu Hof gezogen und haben nur noch daran gedacht, ein bisschen Geld oder Gold zu machen. Und jetzt pfeift Euren Büttelhund zurück, denn sonst sind meine Schultergelenke gleich geknackt."

Sie schafften es, Canuzzi zu finden, den Juwelier, den ich in Venedig um zweihundert Zechinen erleichtert hatte. Belutschkin, der Kutscher, der mich im Kurland vor den Schwarmgeistern gerettet hatte, wurde vorgeführt, dazu andere, die ich angeblich getäuscht und bestohlen hatte. Sie standen zu Häupten meines Streckbettes, ihre Gesichter hinter lächerlichen Pappmasken verborgen. Sie hatten auch jetzt noch Angst vor mir, zu Recht, wie meine Erzählung zeigen wird. Natürlich bekannte ich alles, wie ein jeder unter Druck und Folter nichts anderes sagen wird, als was seine Peiniger ihm vorsprechen. Ein Eilschreiber, bei den Folterungen immer anwesend, schrieb mit, was man im Prozess als meine Antworten ausgeben würde.

„Er hat doch die eigene Frau herumgeboten wie ein Zuhälter!" sagte Agostino. „Ich halte ihm vor: den Duplessis, den de Rocla, den Aylett, den ..."

„Wie hätte ich denn überleben sollen?" sagte ich. „Der Untertan ist Eigentum des Souveräns! Hätte ich das Recht ändern sollen? Vielleicht mit meinen Händen?"

„Er hat kein Ehrgefühl!" sagte der Inquisitor. „Der Begriff der Ehre ist Ihm fremd, weil Er aus der Hefe kommt. Da Er keine Eifersucht empfand, hat Er doppelt geschändet!"

33.

Im dritten Kreis begannen sie meine Nahrung mit Salz anzureichern und die Wassergaben auf ein Glas zu verringern sowie kleine Schnitte an den Körperstellen anzubringen, wo die Sehnen in die Gelenke einstrahlten.

Ich fiel oft in Ohnmacht und bemerkte, wie ich zusammen mit dem großen Verlangen nach Salz und Wasser in die Kindheit zurücktauchte. Gedanken, die ich für abgelegt gehalten hatte, drangen auf mich ein. Ein Straßenkreisel, mit dem ich vor unserem Haus gespielt und den meine Mutter Felicita aus Ton gebacken, gebrannt und bemalt hatte, drehte sich vor meinen Augen. Das Huhn mit Safran, das ich nach der Rückkehr aus Cartegirone gegessen hatte, kitzelte meinen Gaumen, als hätte ich es im Mund. Die Koriandersamen aus dem Krämerladen meines Vaters roch ich. Ich sah die Schnüre, an denen das Dörrobst zum Trocknen aufgespannt hing. Der Geruch gemahlenen Korns aus der Getreidemühle meiner Mutter stieg in meiner Nase auf, obgleich er nicht da sein konnte, was mir ein Beweis dafür war, dass wir die Welt machen und nicht die Welt uns. Die Stimme meiner Mutter Felicita glaubte ich zu hören, die meinen Vater laut rief. Ich erinnerte mich, wie ich Lorenza kennengelernt hatte, hier in Rom vor vielen Jahren. Unsere Abreise nach Genua, die beiden Alten schnupftuchschwenkend hinter der Kutsche zurückbleibend. Unsere Züge durch die Pilgergegenden, die klamme Armut der Menschen, die kalten Höfe, die entehrende Arbeit in den Manufakturen und Eierfarmen.

Nun begann sich Lorenza in ein Gespenst zu verwandeln, das Macht über mich gewann, weil es mich durch innere Abwesenheit ängstigte, durch Anwesenheit tröstete. Als ich zu ahnen anfing, dass sie auf immer von mir getrennt war, begann sie, meine Einbildung zu beherrschen. So gewann sie in der Erinnerung größere Macht als im Leben. Ich fragte mich, wie der Abwesende so große Macht über das menschliche Herz gewinnen kann, und konnte es allein mit der Sehnsucht des Menschen nach dem, was er nicht hat, nicht erklären. Vielleicht war es die Einsamkeit, die mich nicht zum wirklichen Menschen, sondern zu dessen phantastischer Umformung flüchten ließ. Als ich in den Hungerdelirien versank, fütterte man mich wieder auf, da man mich noch brauchte. Sofort änderte sich mein Bild von Lorenza. Sie war meine milde Schwester, die mich immer geliebt und nie einen anderen bevorzugt hatte. In der Hungerphase hatte man mich über hundert leere weiße Pergamentblätter unterschreiben lassen. Diese füllten sie nun mit dem Gekritzel des Schreibers auf.

Immer wieder wollte man mich über die Maurer ausforschen, da man einen Zusammenhang zur Großen Revolution nicht ohne weiteres herzustellen vermochte. Waren die Kornrevolten nicht überall da aufgeflammt, wo sich Cagliostro aufgehalten hatte? Waren nicht alle Enzyklopädisten Freimaurer? Wo befanden sich die Logen? Wer waren die Großmeister? Die Unterführer? Wen hatte ich auf den Zusammenkünften gesehen und erkannt? Wie tauschten die Mäurer ihre Botschaften aus? Durch Gedankenübertragung? Ich setzte ihnen meine Überlegungen dazu auseinander, sie verstanden sie nicht. Was waren die Parolen? Die Erkennungszeichen? Ein einwärtsgebogener Finger?

Als sie ihre Machtlosigkeit erkannten, wurde ihre Wut noch größer. Welche Aufgabe hatte Lorenza in den Weiberlogen erfüllt? Wie hatten die Weiber die Männer und vor allem die Priester behext, dass sie in so großer Zahl in die Logen eingetreten waren? Wo nahmen die Weiber überhaupt ihre unbegreiflichen Kräfte her? Aus dem Flüssigen? Aus dem Incubus, dem Succubus? Wer hatte die Weiber überhaupt veranlasst, Logen zu gründen und sich dort zu gebärden wie Männer? Waren in den Logen Liebeskuchen gebacken worden? Verstand man, die Viehbefruchtung zu verhindern und das Wetter zu machen? Hatte man Steine in Käse verwandelt, Eseln das Harfenspielen beigebracht, Ochsen durch die Lüfte fliegen lassen? Hatten die Weiber in den Logenhäusern junge Hunde geboren? Hatte man Pfundnoten auf Butterbroten verspeist, um die Bank von England zu schädigen? Wer hatte die „Lettres au peuple français" geschrieben? Warum ans Volk und nicht an den König?

Am Ende eines halben Jahres unterteilten sie das, was sie mir abgefoltert hatten, in dreiundvierzig Thesen, druckten sie als meine angeblichen Bekenntnisse und führten mir die Hand zur Unterschrift. Was kann ein Mensch tun, der in der Gewalt seiner Peiniger ist? Er hat keine Macht, keine Sprache, keine Freiheit. Er ist ein Wurm, dem man in der Sonnenfinsternis eine Kerze anzündet. Wollen? Was ist eine Unterschrift wert, die dort geleistet wird, wo die Peiniger Macht haben, den Körper ihres Opfers zu schinden?

Man gab mir den Extrakt des Eisenhutes (ich hatte ihn selbst oft genug angewandt) und ließ mich wie zum Hohn alles, was ich im Leben gesagt hatte, öffentlich abschwören. Dann wurde ich, wie es von den Erzeugern aller Sonnenfinsternisse geschieht, zum Tode verurteilt und aufgrund der übergroßen Güte des Papstes Pius begnadigt.

Wieder in die verhängte Kutsche. Man liebt sie hier. Lange rüttelnde Fahrt durch die wilde, karge Mondlandschaft des Apennins. Staatsgefängnis für Sonderhäftlinge des Vatikans. Uneinnehmbar auf eine Felsnadel gemauert. Flüchten aus dieser rechtwinkelig angelegten Wehrburg, meilenweit über dem Boden? Ja, von oben! Aus der Luft ist es ja nur ein kleines Kastell. Das Innere? Bruchstein. Zellen wie Zimmer. Nicht anders als in anderen Burgen oder Schlössern, ein Stein sorgfältig in den anderen gefügt. Rundbogengewölbe. Es gibt Türen in der Wand und Steinplatten für den Fußboden. Ich war schon in kleineren Kammern gewesen. Die Besatzung? Torwachen: ein Korporal, sechs Wachsoldaten, ein paar Kontrollgänger zum

Ablösen. Kommandant: der Gouverneur. Sein Assistent: ein Kommissar. Verbindungsmann zum Wachpersonal: ein Leutnant. Erfüllungsgehilfen: das Wärterteam. Inhalt der Felsschachtel: acht Staatsgefangene, fünf Beobachter des Vatikans, drei Geistliche, ein Teufelsaustreiber.

Das Ritual: Erwachen. Sich orientieren, wo man ist. Körper auf die rechte Seite, auf die linke Seite. Oberkörper aufrichten. Die Holzpantinen. Aus dem Protokoll: Gekrümmte Körperhaltung, schleppender Schritt. Nimmt an Gewicht ab. Nimmt wieder zu (Hungerödeme). Leidet an Krämpfen. Wie hatte die Frau geheißen, mit der ich verheiratet gewesen war? Mit der ich fast zwei Jahrzehnte durch Europa gezogen war. Aus dem Protokoll: Zur Ader gelassen. Eigensinniges Fasten. Handelt es sich vielleicht um ein geheimes Freimaurerfasten? Stimmungswechsel. Un amasso de materie electriche. Teufelsaustreibung durch den Kanonikus Tardioli.

Wie ich dort herauskam? Ein eigener Roman, den ich in ein paar Jahren in Druck geben werde. Nur so viel: das Sicherheitsbedürfnis des Vatikanstaats war die Chance für meine Flucht. Man hatte mich in die Sicherheitszelle gepackt, den tesoro, gleich unter dem Himmel, nur durch ein Gitter von Hitze und Bläue getrennt. Ich entkam in einem Luftballon. Kirchenmänner, Militärs und Freimaurer hatten die Montgolfiere für meine Flucht gemietet.

Der Marquis d'Arlande leitete das Unternehmen zusammen mit vier erfahrenen Söldnern aus Venedig, die die Aktion sicherten. Man schwebte über meine Zelle und brach mit der Kraft des steigenden Ballons die Gitter heraus, ließ Heißluft ab, sank, warf wieder ab und zog mich mit meiner starken Strickleiter nach oben. D'Arlande sagte, einer der Welt wichtigeren Himmelfahrt habe er im Leben noch nicht beigewohnt. Was gab mir die Kraft, dort fünf Jahre zu überleben? Ich weiß es nicht. Aber es gibt Welten, die der stärkste weltliche Machthaber nicht erreicht. Diese Welten sind in der Tiernatur des Menschen verankert. Sie sind die Hoffnung, das Gefühl für das Bessere und der Glaube an den Erfolg. Auch die Erinnerung an Orlando half mir, dessen Wesen ich in mir trug.

Perugia mit einem starken Süd-Südwest hinter uns lassend, glitten wir über den Trasimenischen See in das Großherzogtum Toskana, wo wir in Siena aus dem Element aufs Land gingen. Ein sechsfach bespannter Landauer brachte mich in drei Tagen nach Calais, wo ich einen Pass auf den Namen Mulligan erhielt und mit einer Korvette auf die Insel übersetzte. Dort entschied ich mich nach kurzem Suchen für einen Wohnsitz in Maiden's Rock in der Grafschaft Cornwall.

Binnen eines halben Jahres hatte ich die Haftfolgen überwunden und fand durch Glück oder Zufall meine Ann-Mary, die die diesseitigen Bereiche durch ihre ruhige, sichere Anwesenheit, erfüllt.

34.

Der Erlös aus der Halsbandaffäre verschafft mir ein Leben ohne Geldsorgen. Ich bewohne ein Haus auf einem Felsen, von dem ich das Meer sehen kann, ganz wie in meiner sizilianischen Heimat. Täglich wandere ich über die Grasmatten zum Strand und schnuppere den Geruch des Wassers. Die Fischer kennen und lieben mich. Manchmal begleitet mich mein Nachbar Gallagher. Er ist ein Landedelmann, Nichtstuer wie ich, und lebt davon, dass er Stimmbezirke erwirbt und gegen Entgelt an Leute weiterverkauft, die sich von einer Lobby gute Rendite versprechen. Er dilettiert in Philosophie, lässt sich die neuesten Scharteken vom Festland, besonders aus Deutschland, kommen und disputiert mit mir, wenn er einen Satz nicht versteht. Zeitungen haben wir genug, und während des „five o'clock tea" genieße ich es, im „St. James Chronicle" zu lesen, wie Napoleon meine Feinde zu Paaren treibt. Gerade hat er Pius, der meine Einkerkerung, meinen Schauprozess und meine Aburteilung betrieben hat, in Exil und Gefangenschaft gejagt. Ich denke mir aber, dass heute, da das Jahrhundert zu Ende geht, bereits eine Rotte von Kriechern bereitsteht, den großen Korsen vom Stuhl zu stoßen und die Mächte zu etablieren, die er zu verdammen suchte. Ich erfreue mich aber auch an den Debatten unseres Parlaments, von denen mir der „Chronicle" allwöchentlich berichtet. Ich genieße die Ausritte in die hügelige Landschaft, die Jagd mit den Hunden, meine Spaziergänge und die Speisen meiner Haushälterin Ann-Mary.

Man staunt, dass ich als Edelmann mich bezeichne, ich, der ich der Canaille entstamme und einst mein Brot mit Fälschung, Schläferungen und Amüsement verdiente. Aber man akzeptiert mich hier. Hier bin ich der, als der ich mich darstelle.

Und Lorenza? Lorenza hast du vergessen, du Unmensch?

Aber ich bitte sehr! Habe ich nicht schon zu Beginn meiner Aufzeichnungen betont, dass der Mensch ein Sklave der Systeme ist, in denen er sich bewegt. Wo mag sie stecken? In ein Kloster eingeschlossen oder von den Schergen der Inquisition verscharrt? Ich gestehe aber: Wird die Erinnerung an sie allzu drängend, so betäube ich sie mit einem Tropfen Opium. Jeder hält es hier in Vorrat und nimmt es bei Kopfweh und Depression wie den Zucker im Tee. Die Revolution in Frankreich scheint ausgestanden, und wenn unsere englischen Bauern den Boden unter der Zucht von Eltern, Pfarrern und Jahreszeiten beackern, so wird sich etwas Ähnliches wie in Frankreich hier nicht wiederholen. Aber ein anderes Kuckucksei könnte ausgebrütet werden, denn die Mechanisierung der Fabriken geht weiter. Es übersteigt meinen Verstand, ihre Folgen auszudenken. Die Ballung der Arbeiter in den Städten lässt ahnen, dass hier etwas gärt, das die französischen Ereignisse übertreffen könnte.

Will ich die trüben Gedanken wegblasen, dann fahre ich mit Gallagher zum Fischen. Das beruhigt mich, selbst wenn wir nichts fangen und nur Seeluft atmen. Gerät aber etwas in die Netze, dann lege auch ich Hand an und entspanne mich auf der Rückfahrt mit einem Pfeifchen. Fahren wir vom Wasser her in die Bucht, so möchte man glauben, man sei in einen nur wenig kälteren, nicht aber minder grünen und hügeligen Teil Siziliens verschlagen. Sogar die spitzen Felsstrünke ragen wie bei uns zu Hause aus Küstensand und Wasser.

Das Leben hier lässt mir England und die Engländer immer sympathischer erscheinen. Vor drei Wochen habe ich Gallagher, der mich nicht ein einziges Mal nach dem

Inhalt meines Gekritzels gefragt hat, angedeutet, dass ich Memoiren schreibe. Er fragte zurück (guter, biederer Gallagher), ob ich denn in meinem Leben etwas erlebt habe, das erstaunlich genug war, um es dem nach neuen, stärkeren Reizen lechzenden Publikum anzubieten. In meiner Antwort deutete ich einen Bruchteil meiner Erlebnisse an, aber er lachte. Er hält mich für einen Storyteller. Er selbst hält die Philosophie für die beste aller möglichen Antworten auf die Lebensfragen der Menschen, besser jedenfalls, so sagt er, „als all das erfundene Kritzelzeugs." Aber stammen nicht auch die Systeme der Philosophen aus Menschenköpfen?

Seit neuestem lässt er sich die Bücher eines Königsberger Professors kommen und erklärt mir ihren Sinn, nachdem er mir ihren Inhalt dargelegt hat. Die Ideen dieses Königsbergers scheinen die Quintessenz dessen zu sein, was Orlando mich in den zwölf Wochen im Mäurerhaus gelehrt hat. Hatte der Preuße recht, so schien es eine objektive und vom Menschen unabhängige Außenwelt nicht zu geben. Darf man Gallagher glauben, so ist die Wirklichkeit nichts anders als ein Verhältnis - so wie das zwischen Zähler und Nenner eines Bruchs. „Den Zähler haben wir, vom Rest müssen wir einfach annehmen, dass er da sei", fügt er grinsend hinzu. „Die Hand deiner Ann-Mary ist klein, rund und weich", „aber nicht aufgrund einer ihr innewohnenden Beschaffenheit, sondern weil dein Auge, Mulligan, sie durch seine Anatomie nicht anders wahrnehmen kann. Ein Käfer mit Facettenaugen und Saugfüßen würde dieselbe Hand als groß, dunkel und hart bezeichnen."

In mir, der ich all diese Gedanken fühle, sage ich zu Gallagher, muss aber eine Vorstellung von diesem Zustand erhalten sein, in dem es diese Spaltung noch nicht gegeben hatte. Wenn ich mich von den Zyklen lösen könne, sagte Gallagher, dann erst schaffe ich meine eigene Existenz und sei der Gott der Genesis. Er hat die Welt geschaffen. So ist auch etwas von ihm in das Geschaffene übergegangen. So war auch ich ... Gott! Guter, biederer Gallagher.

Während unserer Unterhaltung, wir segelten noch, verfiel er in Schweigen. Die Krabbenfischer riefen ihn von den Nachbarbooten an. Aber er schien nichts zu hören und überließ es mir, gegen den ablandigen Wind in die Bucht von Maiden's Rock hineinzukreuzen. Mehrmals riefen ihm die Fischer Dialektworte zu, fragten nach dem Fang. Stimmen gellten hin- und herüber. Doch Gallagher blieb versunken. Ich roch den Duft des frisch gefangenen Seegetiers, der Aale, Krebse, Garnelen und Sprotten. Dieser Geruch schien auch Gallagher aus seiner Versenkung zu erwecken. Noch rätselte ich darüber, was sie bewirkt hat.

Nur selten befällt mich die Sehnsucht nach meiner Heimat. Überkommt sie mich aber hin und wieder doch, dann wandere ich die Höhenwege über der Steilküste entlang. Draußen rauscht und braust das Meer. Aber nicht nur das Rauschen und Brausen der Brandung freut mich, sondern auch das Gefühl der festen Felsen unter den Sohlen meiner Schuhe. Die See und der Horizont locken meinen Blick in die Ferne und setzen ihm nur die Grenzen, die in mir selbst liegen. Den Geruch des Wassers kann man nur grün nennen. Bricht die Sonne durch die Wolken, so ist man an der Quelle des Lebens, dem Wasser mit seinem Flüstern, das aus Ferne Nähe, aus Nähe Ferne macht. Man möge mir meine Abschweifung verzeihen ...

Jens Korbus, 1943 in Ostpreußen geboren. Studierte Germanistik und Philosophie und unterrichtete, nach einem Zwischenspiel als Assistent an der Düsseldorfer Uni, an einem Koblenzer Gymnasium. 1988 erhielt er aus der Hand des rheinland-pfälzischen Kultusministers den Fachinger Kulturpreis für seinen Brief an Goethe. Er veröffentliche bis heute 17 Bücher.

Jens Korbus
Brandt Warner
Books on Demand
2017
ISBN: 978-3744830201
120 Seiten
Preis 7,99 EUR

Der Universitätsdozent Brandt Warner wird in der kleinen rheinischen Universitätsstadt Alt-Muhl in den Strudel der Ereignisse um seine Heine-Vorlesung hineingerissen. Da ist Sylphe, die fünfunddreißigjährige Nymphe und Studentin und Anne, seine Dauerfreundin, die ihn auf seinem schwankenden Weg zwischen allen Klippen begleitet. Eine Studie über die Freiheit, die immer die Freiheit des Andersdenkenden ist.

Jens Korbus
Goethes Krafft
Books on Demand
2017
ISBN:
9783744873673
100 Seiten
Preis 7,99 EUR

Der historische Johann Friedrich Krafft, dessen wahre Identität unbekannt ist, ist im Jahr 1785 gestorben. Goethe diente der Unbekannte als Zuträger in Ilmenau. Jens Korbus verlegt seine Existenz in die unruhige Zeit kurz nach der Völkerschlacht bei Leipzig ins Jahr 1813. Krafft kämpft in der Nacht des 21. Oktober um sein Überleben. Eine Novelle um Macht, Rivalität und subtile Formen der Ausbeutung. Goethe einmal aus der Perspektive eines von ihm Abhängigen gesehen. Wird Krafft seine beiden französischen Entführer abschütteln? Wird es ihm gelingen, sich von Goethe freizumachen?